それでも
良いことが
ありますように

柿井 優嬉

東京図書出版

もくじ

また来やがった。

「いらっしゃいませー」

うるせえなあ。何度も、何度も。

わかってんだよ。万引き防止のためなんだろ。さっきから、ちょろちょろちょろちょろ、作り笑顔で人の背後を行き来しては、声をかけやがって。

チッ。何か買おうか真剣に考えて、じっくり商品を見てただけなのによ。なめやがって。こんな店で購入するか、ボケ！

俺は食料品店を出た。外は相変わらず凍えるような寒さだ。

どうせ俺は役立たずのクズだよ。外見にもそれがにじみでてるから、盗みを働きそうに思ったんだろ。

くそ……。

ユースフル

ゆが美が学校の屋上で話している。

大越ゆが美。都心の生徒数が多いうちの高校で、おそらく、一、二を争う美人。可愛いコがタイプの奴にも、綺麗なコがタイプの奴にも、多分好かれる、両方の要素が合わさったような絶妙な容姿だ。

一緒にいる相手は原田。不良っぽい身なりや態度をしているが、根は真面目な男だ。

俺は屋上に通じる階段の下にいて、ゆが美たちの会話は聞こえない。しかし、屋上へ出るドアから覗いているアンチゆが美の女子の代表三名のしゃべり声が、どういったやりとりをしているかを教えてくれる。

「フフフ、またフラれちゃって。いい気味だよね、ゆが美のバカ」

「どんな男でも、付き合うとさすがに中身がないって気づくんだよ」

「『私なんて』とか謙遜した感じのことをすぐ言うくせに、とっかえひっかえ男と付き合うし、ねー」

どうやら予想通りの展開のようだ。

放課後、ゆが美のクラスの教室へ行くと、もう他の生徒はほとんどが出ていって居ないなか、窓側後方の本人の席で、机に突っ伏していた。まるで「落ち込んでいる人」という名の銅像のようなわかりやすい体勢で、ぴくりとも動かない。

「ゆが美、大丈夫か？」

歩いていって、真ん前の椅子に座って声をかけると、顔を上げて、悲しそうに言った。

「陸くん、私、フラれちゃった」

「そうか」

やれやれ。

「そんなに落ち込むなよ。だいたいお前、あいつのこと、本当は別に好きじゃないだろ？」

それを聞いて、ゆが美は驚いた表情になった。

「あいつだけじゃない。今まで付き合った奴全員、自分のことを好きになって、告白までしてくれたから、付き合ってやったんだろ？」

「そんなわけないでしょ。こんなに悲しんでるじゃん」

口調は強くないが本気の反論だ。でも、俺の指摘に間違いはないと思う。ゆが美は自分のことがわかっていないんだ。

「悲しいのは、相手の気持ちを満たしてやれなかったからだよ。だけど満たせるわけがない。みんな、お前が本当は自分のことを好きじゃないって気づくからだ」

「そんなかっこいい感じの理由じゃないよ。私、女子みんなに嫌われてるんだよ。そういう奴だから、単純に嫌になるだけだよ」

「女子たちは、お前がモテるから嫉妬してるんだよ。人格を否定するようなことを言われてるかもしれないけど、実際は人間性の問題で嫌ってるんじゃない」

「違うよ……」

こんな言い合い、いくら続けてもキリがないし、相手を言い負かしたところでどうなるわけでもない。俺は話題を変えた。

「なあ。お前、この前、『日本では毎年、二万人以上も自殺してる。真面目に立派に生きてたのに、つらい目に遭って死んじゃった人がたくさんいるんだろう。なのに、役立たずで毎日のほほんと過ごしている私みたいなのが生きてて、申し訳ない気持ちになる』ってなことを口にしたろ？」

「うん」

ゆが美はうなずいた。

「それで俺、考えたんだ。俺たちと同い年くらいでも、孤独で自殺しちゃいそうな奴らが、世の中には多分ごろごろいる。そいつらと友達になって、遊んで明るい気持ちにしてやれば、少しは役に立ったっていえるんじゃないか？　どうだ？」

「どうって……。いいと思うけど」

「よし。じゃあ、孤独な奴を探しにいくぞ」

俺は立ち上がった。

「え？　今から？」

「何だ、予定あんのか？」

「別にないけど」

「だったら行くぞ。善は急げだ」

俺はゆが美の手を取って、引っ張った。

「あ、ちょっと待って」

ゆが美は慌てて自分のカバンをつかみ、俺たちは教室を後にした。

大勢の人が行き交う駅前にある巨大な歩道橋から、それらしい奴を探すことにした。

時間的に、学校帰りの制服の人間が目につく。そのなかから選べば、俺たちと近い年齢で間違いないだろう。歳が離れてても悪くはないが、遊ぼうって流れに持っていきづらいしな。

「でも、どの人が孤独かなんて、わかるの？」

真剣に辺りを見回す俺に対して、ゆが美が懐疑的な表情で訊いた。もちろん今一人でいる奴が孤独とは限らない。

「任せろよ。俺は一目見りゃ、そいつがどんな奴で、今どんな気持ちだとか、だいたいわかる」

大げさではあるけれど、本当にけっこう自信はある。

「あっ。あいつ、それっぽい。行くぞ！」

下の歩道を進んでいる奴を目にしてピンときた俺は、またゆが美の手を取って、勢いよく引っ張った。

「キャッ！」

いけね。ちょっと強く引っ張り過ぎて、転ばせちまった。

「悪い。大丈夫か？」

「うん。平気」

それはそうと、お目当ての、暗そうで、友達がいなそうで、心が鬱屈していそうな、ブレザーの制服の男子。

俺たちはそいつの進行方向の前方に回り込んで立ち、ずっとその地点にいて、そこで初めてそいつを見た感じで声をかけた。

「ねえねえ、きみ」

そいつは立ち止まった。

「悪いんだけど、遊ぶ予定だった奴が来られなくなっちゃってさ。俺たち二人だけじゃ、恋人じゃないからちょっと気まずいし、退屈しそうだから、一緒に遊んでもらえないかな？」

すると、そいつは何事もなかったかのように、無言で通り過ぎていこうとした。

「ちょっと待ってよ。大丈夫、怪しくないからさ。こっちだって、見知らぬ人に声をかけるの勇気いったんだよ。それでも、どうしても二人だけだと少し気持ち悪いし、悪い人じゃなさそうなきみを見つけたから、話しかけたんだ。頼むよ」

俺は両手を合わせて懇願するポーズをした。

そいつは黙ったままで、何を考えているのかわからない表情をしている。しかし、間近で改めて見ても、最初に俺が感じたような奴っぽい。そんで「どうせ金を巻きあげたりするつもりだろ」などと思っている気がする。

「心配なら、警察にでもどこにでも、すぐに電話でも何でもできるようにしてていいからさ」

「持ってない」

「え？」

「携帯電話を持ってない」

「……そうなんだ」

じゃあ、決定だろうな。この雰囲気に加えてそれだったら、孤独でほぼ間違いないだろう。

いきなり当たったとはいえ、せっかく見つけたんだから、なんとかその気にさせなきゃな。ここでうまく誘えないようなら、この後も苦労しそうだもんな。

「ほら、お前も頼めよ」

俺はゆが美を前に出した。

「あっ、うん」

初めから、男の場合はゆが美を頼りにするつもりだったのだ。

「あの、本当に申し訳ないんですけど、お願いできませんか？　できるだけご迷惑はかけないようにしますので」

うまい。リアルに困っていそうで、かつ、断られたら泣いてしまいそうな雰囲気。とにかく自分が助けてあげなければという気持ちを起こさせそうだ。しかも、こんな可愛いコにこんなふうに何かを頼まれたことなんておそらくないだろう。予想以上の出来だ。

しかしゆが美の奴、そんなに考えたわけじゃなく、ほとんど天然でこれができるんだから、そりゃ男にモテて、女に嫌われるはずだ。

見ると、やはり少し気持ちが動いているようだ。顔は変わらずブスッとしてるから、他の人なら気づかないかもしれないが、俺にはわかる。ここで一気に攻めないとな。

「じゃあさ、これ、俺の生徒手帳なんだ。名前も写真も学校の情報もちゃんとある。あそこの交番に、これを拾ったたって言って届けてよ。そしたら、持ち主が見つかったとき連絡しますかって訊かれるはずだから、『はい』って答えれば、警察を挟んできみと俺はつながった状態になる。ゆえに、俺たちはきみに悪いことはできない。だろ？」

少しして、そいつは口を開いた。

「わかった」

「え？」

「信用するよ。交番へ行くのは面倒だからいい。そんなに長い時間付き合うのは無理だけど……」

「遊んでくれるの、ＯＫってこと？」

まだためらいがある様子ながら、そいつはうなずいた。

「やったー！　ほんと、ありがとー」

気が変わらないうちにと、俺はそいつの手を取って派手に喜び、もう断れないムードを作った。


「あ、そうだ。きみ、名前は？」

三人で道を歩いている最中に、俺は尋ねた。

「山下」

「俺は成沢陸で、こっちは大越ゆが美。改めて、よろしく。あと、歳、つーか、学年は？」

「高校二年」

「じゃあ、俺たちと一緒だ。よかった。タメが一番気楽でいいもんね？」

山下は何の言葉も返さなかった。

「ところで山下くんさ、なんか少し表情が暗いように見えるけど、悩んでることでもあるの？」

「別に」

「いや、ちょっとくらいあるでしょ。みんなあるよ、不満とかさ。俺たち何にもできないけど、言ってすっきりしちゃいなよ」

本当に悩みを口にしてさっぱりしてくれたらいいし、少なくともしゃべることで距離を縮められたらと明るくそう振ったが、山下は視線を自分の足もとのほうに向けた。

ずっと硬い顔つきだし、こりゃ心を開かせるのは大変そうだなと思ったら、何やら独り言のように話し始めた。

「僕は悪いことは何もしてない。勉強だってちゃんとやってる。なのに、部活をやってないとか、社交的じゃない部分で否定的にばっかり見やがって」

そして、しゃべりながらどんどん興奮していった。

「偉そうなこと言って、結局モラルより世間体が大事なんじゃねーか。どいつもこいつもバカヤローがっ！」

……言いたいことが終わったようで、軽くハアハアしている。

大丈夫か？　こいつ。ちょっとやばい奴に声をかけちゃったかな。

でも、そもそも心が満たされてない人間を探してたんだから、この程度で驚いてちゃ駄目ってことか。

俺たちは漫画喫茶があるビルの階段を上っている。

「なんで漫画喫茶なの？」

ゆが美が小声で訊いてきた。俺が提案したからだ。

「だって、カラオケとか、はしゃいだりするようなの苦手そうじゃんか」

山下がこっちを見ているのに気づき、俺は微笑んで話しかけた。

「漫画、よく読む？」

「いや、あんまり」

「そっか」

何だ。漫画喫茶すんなりＯＫしたから漫画好きかと思ったのに、読まねえのか。じゃあ、普段、家で何してんだ？　あ、そうか、勉強か。

店に入り、俺は二人に告げた。

「じゃあ、各々好きなのを読んで、後で内容や感想を語り合ったりしようか」

そして離れて、俺は目的の漫画を捜し始めた。ゆが美にはああ言ったが、ここに来たのは、ちょうど読みたいのがあったからでもあるのだ。

「おっ、見つけ」

目当ての漫画を読み終えた俺は、次に観る本を探している。

「どれにしようか……ん？」

少し先にゆが美がいるが、目をこすって、涙をぬぐったように見えた。

「どうした？　ゆが美」

近づいたらやっぱり泣いていたようで、俺は訊いた。

「あ、うん。さっき読んだのがちょっといい話で感動して、それを思いだしちゃってさ」

ええ？

「そんないい漫画、どこだよ？　何ていうタイトル？」

読みてえもんな。

「『ブタのおまわりさん』。山下くんがどれを読もうか迷ってるみたいだったから薦めて、今観てると思う」

「え？　ブタのおまわりさん？」

意外な答えで驚いた。それはけっこう前に少年誌で連載していたギャグ漫画だ。

「何だ、読んだことあるよ。でもお前、なんであれを観ようと思ったんだ？」

ゆが美がどんな漫画が好みかなんて話をしたことはないけれど、イメージ的には少女漫画とか、オーソドックスな女のコらしいのを手に取りそうなのに。

「なんかどこかで面白いっていうのを耳にしたことがあったから」

「ふーん。でも、面白いのはともかく、そんな感動するような漫画じゃないだろ。たまに、しんみりいい話みたいなのはあったけど。にしても、あれで泣くなんて、やっぱゆが美だな。感受性、強過ぎだよ。山下、読んでて、頭がこんがらがってるんじゃないか？」

俺は呆れたように言ったが、山下に目を移すと、まるで試験勉強での教科書の感じで、真剣にブタのおまわりさんを読んでいた。

会ってまだわずかしか経っていないけれど、あいつは真面目な奴だと確信した。

漫画喫茶を後にした俺たちは、その近くにあるゲームセンターに移動した。そこで遊び、そんなにはっきりと笑顔は見せなかったものの、山下も十分楽しんでいるように感じていた。

ところが、突然、帰ると言いだした。

「いつも学校が終わったらすぐ帰ってるから、少しでも遅いと家族が心配するかもしれないんで。悪いけど」

だ、そうだ。

携帯を貸してやるから連絡すればと言おうかと思ったが、本当は別の理由かもしれないし、その気がないのに遊び続けさせるのは意味がないことだから、受け入れた。

店を出るとき、申し訳なさそうな様子の山下に、俺はしゃべった。

「十分付き合ってもらったから、気にしないでいいよ。それより、どうだった？　少しは楽し……」

「おい、見ろよ！　すげー可愛い」

え？　なんかそばから嫌な予感がする声が聞こえた。

嘘だろ。

振り返ると、俺たちと同じ歳くらいの、チャラそうで不良だろう三人組が、ゆが美を取り囲んでいた。

「ほんとだ、チョー可愛い。なあ、俺たちと遊ぼうぜ」

何だよ、こいつら。言いそうな台詞をまんま口にしやがって。

「あ、あの。ちょっと……」

強気で止めたかったが、情けないことに、聞こえるか聞こえないか程度の声しか出なかった。

「ああん？　何だよ、邪魔すんなよ！」

俺に気づいた、一番ケンカっぽやそうな奴が威嚇してきた。なんで、すでにビビってる俺に、そんなに暴力的な態度を見せるんだよ。

「な？　変なことしねーから、行こーよ」

他の二人は、俺に気づかないのか無視してるのか、ゆが美に愛想のいい顔をしつつ、ほぼ無理やり連れていこうとしている。

「陸くん……」

ゆが美はおそらくそう口を動かし、俺に助けを求める視線を送った。いや、正確には、どうしたらいいかわからず、ただ俺の名前をつぶやいたんだ。ゆが美は俺がこいつらを倒せるほど強くないことは知っているし、もし勝てるとしても、危険な目に遭わせるのを望まない。

あー、やばい。行ってしまう。

くそったれっ！

「うおー！」

俺は叫びながらダッシュして向かった。ゆが美を連れていきかけていた不良どもが振り返る。

「何だ、やるか！」

またケンカっぱやそうな野郎が一番に身構えた。

バーカ、やるわけないだろ。でも俺はその気があるフリを装い、警戒して接近しない感じで距離をとり、そいつらが俺を捕まえようとすることでゆが美から離れるように誘導した。

だけど、いつその意図がバレるかもしれない。逃げ足が速い俺は、そいつらをかわしてゆが美のもとへ行き、手を取って一緒に逃げた。

「待てー！」

チッ。やっぱりそう簡単には諦めずに追いかけてきやがった。

どうすっかな。俺一人ならともかく、ゆが美を連れたこの状態で逃げきれるわけがない。

「誰か、助けてー！　殺されるー！」

人通りの少ない住宅街のほうへ進んでいるが、それでもぽつぽつ人の姿はある。だからその大声で多少は躊躇させられたりできたんだろう。追いつかれずに、俺はゆが美を引っ張ったまま路地に入った。

待てよ。狭いところに行くと、逃げ道が少なくなってやばいか？

でも、入っちゃったんだからしょうがない。見失わせられるように、とにかく逃げるしかない。

俺は奴らと鉢合わせしないことを願いながら、曲がれるところはとにかく曲がって逃げた。

「どこだ、コノヤロー！」

不良どものでかい声が聞こえた。

「多分あっちだ！」

そう言うと、走る足音が遠のいていった。

とりあえず、うまくいったようだ。俺たちはその場で様子を見ることにし、汚くなさそうなコンクリートの部分に腰を下ろした。

「陸くん、ありがとう」

ゆが美が俺の肩に軽く寄りかかった。が、すぐに顔を上げた。

「ねえ、山下くん、大丈夫かな？」

「あ」

忘れてた。でも。

「平気だろ。あの不良たち、俺が向かっていくまで、ほとんどお前のことしか見てなかったし、山下もバカじゃないんだから、気をつけながら家に帰ったりしてるだろ。だけど、くそっ。今日楽しかったか、訊きたかったのに訊けなかった」

おっと。そういうことを言うと、またゆが美の奴、からまれた自分のせいだなどと、責任を感じてしまうかもしれない。

「でも、まあ、感情をそんなに表に出さないだけで楽しんでる雰囲気はあったし、そもそも家族が心配するとか口にしてたから、友達は少ないとしても、それほど孤独じゃないかもしれないし、十分じゃねえかな」

そこで、俺は少し前にも思ったあることが再び頭に浮かんだ。

「なあ、そういえば、『ブタのおまわりさん』って、そんなに感動できる話あったっけ？俺、読んだことあるけどだいぶ前で、よく考えたらおおもとのストーリー自体あんまり覚えてなかったわ」

「うーんとね、ブタのおまわりさんことブタマンは、戦争で自らを絶滅させそうな地球人を守るために宇宙警察から派遣されて、人々を笑わせて戦う気をなくすって方法で平和を保つんだけど、そのことをみんなに知られていながら愛嬌のあるキャラクターのせいで、普段は醜い容姿をからかわれたり、子どもにいたずらをされたりしているの」

「ああ、それくらいは覚えてる。で？」

「ある日、小学生の男の子が、自分は真面目というので、学校でクラス委員や班長をやらされることが多く、困ってる人を助けたりしているのに、感謝されないどころか面倒なことはあいつに任せちゃえばいいって仕事を押しつけられてばかりで、腹が立っているって言って、同じような立場のブタマンに同情している気持ちを伝えるんだ」


一緒にいた二人が不良とトラブルになり心配だったが、どこかへ行ってしまい、どうしようもないから帰ることにした僕は、自宅に着いて玄関のドアを開けた。

「ただいま」

いつも通り、習慣でそう口にすると、奥にいた母が不機嫌な顔で返してきた。

「もー、何してたのよ。どうせ暇なんでしょ？　買い物を頼もうと思ったのに」

「ちょっと」

僕はそれだけ言い、階段を上がって自分の部屋に入った。


ゆが美は続けた。

「だけどブタマンは、地球人を守るのは任務ではあるけれど、自ら名乗りをあげたし、そんなに仕事という意識はなく、毎日楽しく過ごしている。容姿を笑われたりするのも、いい気分になってもらえて嬉しいから、自分は不満などは一切ないって言うんだ。でも、男の子はそんなのは嘘だって信じないの」

ゆが美はまた泣きそうになっていた。

「その後その男の子は、もっと小さい男の子が大泣きして困るって状況になるんだけど、そこでとっさに変な顔をして笑顔に変えることができて、純粋に他人の役に立つのが嬉しいことだっていうのを理解するんだ。その場面がすごく良くて、私、感動したの」

僕は、しばらくの間、ベッドにあおむけになって天井を見ていた。

そうだ。僕も最初はそんな感じだったのに、いつのまにか、うまくいったらどう周りの連中を見返してやろうか、なんなら復讐してやろうか、くらいのことを考えるようになっていた。

「ありがとう、目を覚ましてくれて。ありがとう……」

浮かんでいた涙をぬぐって体を起こすと、僕は机へ向かい、引き出しから造っている途中のものを取りだした。

そして椅子に座って、製作を再開した。

そばでペットのピー太が、元気に動き回りながらさえずっていた。


「は～あ」

今日こそゆが美ちゃんに声をかけようと思ってたのに、またできなかった。原田と別れたのは間違いないみたいだし、今がチャンスなのに。

みんな、オレが奥手なことを信じてくれないから、一歩踏みだせないことを相談しても冗談だと思って受け流されるし、どうしよう。確かにオレは、女子にも下ネタでも何でも言えるけど、好きなコの前ではしゃべれなくなるんだよ。誰か、うまく告白できる方法を教えてくれ！

それにしても、成沢の奴、しょっちゅう一緒にいるところを見かけるが、本当にゆが美ちゃんとは何でもないんだろうな。

その気があるならとっくに打ち明けてると言っていたらしいけど、友達からいつのまにか恋人になっているという高度なテクニックなのではないか？　今までゆが美ちゃんと付き合った奴はみんな、ちゃんと告白してＯＫをもらったのに最終的に撃沈してるわけだし、

「気がついたらそういう関係になっていた」的なやり方のほうが成功するとわかってるんじゃないのか？　もしそんな恋愛の達人だったら、オレなんて絶対にかなわない。しょうがない。高校時代の青春は、すべてバスケに捧げるか……。

「ちーす」

部室に入ると、みんな着替えてるなか、すでに準備万端整っている狩野がオレに近づいて、話しかけてきた。

「入谷」

「ん？」

「お前、知ってるだろ？　地震のやつ」

「は？　なに？　わかんねーけど」

「かー、お前もかよ。お前ら、ちょっとはニュースくらい見ろよ、こんな有名な話。クラスでも話題にならなかったのか？」

何だよ。たまに「ものを知ってるぞ」みたいのを出すのがダサいんだよな、こいつは。そんなに頭が良かったりするわけでもないくせに。

「それで、何なの？」

「なんと、地震を予知する装置が開発されたんだよ」

「え。マジで？」

何だ、それ。冗談か？

「お前さ、大地震の前に動物が騒ぐって話、聞いたことないか？」

「あるよ。ナマズだろ。あと、避難するためだか、カラスが一箇所にすげー集まるってのも耳にしたけど」

「それで、鳴き声で犬が何を言いたいかわかる機械があるだろ？」

「へ？」

「知らねーのか。あるんだよ。で、それを参考にして、前兆現象がよく報告される鳥の鳴く声から、地震がくることがわかる機械が発明されたんだ。犬のもたしかそうだけど、片手で持てる大きさで、おもちゃみたいなんだと」

「へー」

どうやらマジだな。

「しかもだ。それを造った奴は公表されてないんだけど、噂によると俺たちの年齢くらいらしいんだ」

「えー、マジかよ。本当ならすげーな」

俺とゆが美は、学校帰りの道を並んで歩いている。

「ゆが美、どうした？　なんか元気ないな」

よくあることではあるが。

「うん……今日、あるコを『あんた、自分を駄目駄目って何なの？　ウザいんだけど』って怒らせちゃって。私って、ほんと迷惑な存在だよね」

……ゆが美、もういいよ。そうやって、言われたことを毎回真剣に受けとめて、落ち込むなって。

「ゆが美、いつも言ってるけど、お前は全然、駄目でも迷惑でもない。むしろ立派だ。俺がゲイなことを打ち明けてるのは、世界でたった一人、お前だけなんだぞ。それはお前が信頼できる人間だと思ったからで、その通り、お前は一ミリも俺を偏見や差別の眼で見なかった。お前は俺の役に立ってるし、いつか他の奴の役にも立つよ。だから自信持てよ。な？」

「……うん」

少し間があったが、そのぶんゆが美は俺の言葉をしっかり胸に刻んでくれた様子で、強くうなずいた。

「よし。じゃあ、行こうぜ」

俺が笑って言うと、ゆが美もちょっと元気が出てきたようで微笑んだ。

「うん」

そうだ。頼むからそうやって笑っててくれよ。

俺がいなくなっても、お前はなんとかやっていけるだろうけど、今お前にいなくなられたら、きっと俺はどうにかなってしまう。それくらい大きな存在なんだから。

※

俺は公園のベンチに座った。おそらく強烈な寒さでだろう、雨じゃなければ大抵いる子どもさえ、今日は一人の姿もなかった。

今年の寒さは異常だ。いや、今年だけじゃない。ここ数年そうだ。温暖化を考えると良さそうにも思えるが、暑い地域こそ夜や冬は寒くなるようだから、メカニズムはわからないけれど、逆に温暖化はそれだけ進行していて、やばい状況にあるってことだろう。

どこか室内に入りたいが、前の店みたいに万引きを疑う眼で見られるのを耐えられる精神状態じゃない。そう思われないためのしょうもない出費もしたくはない。

隣のベンチに、自転車に乗った六十代くらいのおっさんがやってきた。家に居場所がなく、外をうろついているといった感じだ。

でかい音でラジオを流している。来シーズン、メジャーリーグに行くことで騒がれている野球選手の話題をやっている。

しかし、野球選手は金をもらい過ぎじゃないか？　サラリーマンが一生で稼ぐのがたしか二、三億円なのに、激しい競争に勝ち抜き、プレーできる期間が短いとはいえ、わずか一年で同じほどの額を手にする選手はけっこういる。資本主義とはそういうものだと言われたらそれまでだが、ほとんどの球団は赤字だって聞くし、なのにそれだけ高い給料を払うのは、経済の理屈からいってもおかしいんじゃないのか？　しかもメジャーの選手だと、そのさらに何倍もの年棒の奴がごろごろいるみたいだし、そんな今すぐからでも一生遊んで暮らせるような連中が、もう過去の話になりつつあるのかもしれないけれど、筋肉増強剤に手を出したりするんだから、どうしようもない俺が偉そうに言えることでもないが、世の中相当狂ってるんじゃないか？

さよならホームラン

中学校の休み時間。私のそばで、安田くんたち男子数人が「ナショナルスポーツフェスティバル」について話している。

それは、来年に第一回が開催される、さまざまな競技が行われるスポーツの大会だ。そういったものはすでにあるだろうけれどスポーツをやっていない人にはなじみが薄いし、エンターテインメント色を出しながら、国内オリンピックの位置を目指すようで、盛り上がりそうな雰囲気があり、知名度がなかったり、あっても観客があまり入らないスポーツがたくさん存在するなか、それを人気や集客の向上につなげようという動きがいろんな方面で活発なのである。

「うそー!」

安田くんたちとは反対の方向から、古橋さんがそう大きな声を発した。そして、古橋さんは近くにいる北原さんに話しかけた。

「ねえ、笹森って、久世が好きなんだって」

「誰？　久世って」

「野球の四国エンゼルス所属の、三十を過ぎた中年の、無愛想な選手だよ」

それを聞き、私は軽くドキッとした。

「まさか笹森が、あんなおっさんがタイプだったとは」

するとと笹森さんが古橋さんにしゃべった。

「別にタイプだなんて言ってないでしょ。私は古橋みたいに、スポーツ選手を顔が好みだからファンになるっていう、素人的な応援はしてないから」

「何言ってんの。選手としてだって、中園のほうが久世より上じゃん」

古橋さんは腹を立てた様子でそう口にすると、安田くんに近づいて声をかけた。

「安田さ、野球、詳しかったよね？」

「え？　まあ」

「中園と久世って、どっちがいい選手だと思う？」

「は？　そんなの中園に決まってんじゃん」

「だよねー。聞いてよ。笹森って、久世のファンなんだって。ダサくない？」

「マジで？　あんなの、もう終わってんのに」

古橋さんと安田くんは意気投合という感じだ。

「ていうか、元々たいしたことないんだよな」

「ねー」

反論しても無駄だと思ったのだろう、笹森さんは不満顔ながら、もう何も言わなかった。

私は以前同じような光景を見たことを思いだした。


私の父も野球が好きだ。夜のテレビ中継を観ている。

「さあ、三塁と二塁にランナーを置いて、バッター久世。ヒットで二人が還れば、一気に逆転という場面。カウント、ツーボール、ツーストライクから、ピッチャー第五球、投げた！　打ちました！　しかし、当たりは強かったもののセカンドの正面。スリーアウト。久世、今日三度のランナーがいた打席で、いずれも凡退です」

「あーあ」

愛媛生まれでエンゼルスファンの父は、ため息をついた。

「ねえ、今の久世って選手さ、何年か前にすごく話題にならなかったっけ？」

私は父に話しかけた。

「ん？　何だよ、野球なんて興味ないくせに」

父からするとそうなるのだろうが、ずっと野球好きの親のもとで生きてきて、多少は関心を持った時期もあったし、私は女性のなかでは詳しいほうのはずだ。

それはそうと。

「いいから、なんで話題になったの？」

「ええっと、あれは三年前か？　ＦＡを取った年に大活躍して、大リーグに行くかもっていうので、まず注目されたんだ」

ＦＡとは「フリーエージェント」の略で、所属している以外の球団と自由に交渉や移籍ができる権利のことだ。私が野球を知らないようなことを言う割に、そういう用語は平気で使うんだから。

「結局エンゼルスに残留したわけだけど、たしかそのときの契約が十年間で総額五億円だったんで、もっと騒がれたんだ。ていうのも、前の年の年棒が一億五千万円で、活躍したのに単年だとマイナス一億円ってことになるから、球団側がそんな条件提示をするはずないし、『久世がそうまでして長期の契約を求めたんだろう。公務員じゃあるまいし、安定志向でみっともない』という批判が高まったんだ。しかも、その後ケガもあって成績が低迷しながら、解雇も減棒もされず、得したかたちになったもんだから、今も当時と変わらないくらい叩かれてるんだよ」

「ふーん」

そうだ。三年前の小五のとき、同じクラスで、久世選手が好きな野口くんが、おそらくそのことで別の男子たちにからかわれていたんだ。

野球に関心のあるコはだいたい、有名な選手が多くて強い東京キャッスルのファンで、地味なエンゼルスやその選手を応援している人なんて、きっと他にはいなかっただろう。古橋さんが好きらしい中園選手はキャッスルのショートで、顔が良くて野球ファン以外にも人気がある。一方で、久世選手もエンゼルスでは中心選手だけれど、野球に興味がない人にはほとんど知られていない。

私の身近でエンゼルスや久世選手が好きなのは、父、野口くん、そして笹森さんで三人目ということになる。

「昨日も駄目だったなー、久世の奴。二軍の選手のほうが、まだ打てるんじゃねーの？」

休み時間に、安田くんが笹森さんにこっそり近寄って、背後からからかうように言った。

笹森さんは、しゃべってすぐに逃げた安田くんを追いかけた。

「待てー！　コノヤロー！」

「へへーんだ」

安田くんは捕まらず、素早く廊下へ出ていった。

ここのところ、今みたいなやりとりが日課のようになっている。

二年生の現在のクラスになって、しばらく経った。私は人見知りで消極的だから、初めての人と打ち解けるのに時間がかかる。

笹森さんのことは最初から気になっていた。堂々としていて、他人に左右されない感じで。ああいう人になりたいといつも思う。

放課後、笹森さんが一人で帰っていく姿を目にして、なかば衝動的に後を追い、校門を出たところで声をかけた。

「笹森さん」

笹森さんは振り返った。

「私も方向そっちだから、途中まで一緒に帰らない？」

「……いいけど」

違和感のある表情をチラッと見せたけれど、嫌そうではなくて、ほっとした。

歩き始めて少ししてから、あの話をした。

「教室で話してるの聞こえたんだけど、笹森さんて久世選手のファンなの？」

「え？」

笹森さんは険しい顔でこっちに視線を向けた。

「悪口を言うつもりじゃないよ」

私は慌ててしゃべった。

「うちの父親が四国出身で、エンゼルスのファンでさ。私はそんなに詳しいわけじゃないんだけど、エンゼルスファンの人にはちょっと親近感みたいなのを覚えるし、私も派手な選手より久世選手みたいに黙々と野球に打ち込んでいるような選手のほうが好きかなって思ってるんだ」

それは取り繕ったのではなく本当だ。ただ、もっと本音を言うなら、久世選手のマスコミが苦手で世渡りが下手な感じがいいというか、なんとなく自分と重なって、共感できて好きなのだ。おとなしめだった野口くんも、だから久世選手を応援したい部分があったんじゃないかと思う。そして笹森さんにも、そういう不器用な面があるように感じられる。

笹森さんはまだ疑う様子で私を見ている。学校でしょっちゅう馬鹿にされたりしているから、疑心暗鬼になっているようだ。

「本当だよ」

「じゃあ、観にいく？」

「え？」

「来週のキャッスルとの試合。球場に応援にいくから、一緒に行く？」

「ほんと？　行く行く。私、生でプロ野球の試合を見たことないんだ。すっごく楽しみ」

私が喜んだのは、本当に観戦自体が楽しみなだけでなく、笹森さんが誘ってくれたからというのが大きいけれど、そのリアクションで私がエンゼルスを悪く思っていないのを完全に信じてもらえたようで、笹森さんの表情がようやくゆるんだ。


久世選手が空振りをして、三振になった。

「久世、引っ込め！　もう野球やめちまえ！」

少し離れた席の見知らぬおじさんがヤジを飛ばした。

「なに、この……」

笹森さんが文句を言う勢いだったけれど、一緒に来ている笹森さんのおじさんに止められた。

「バカ。お前、やめとけよ」

それで思いとどまったが、不満顔だ。学校で安田くんたちに悪く言われたときと同じ態度でちょっとドキドキしたけれど、彼女はいつもキレやすいわけではない。他の事柄でなら普通くらいだろう。それに、ここはエンゼルスを応援するエリアなんだから、結果が良くなくても変わらず声援を送る笹森さんの姿勢のほうが正しいはずだ。

久世選手は最近さらに成績が振るわず、今日はスタメンを外れるという噂もあったようだ。それは免れたわけだけど、汚名を返上するバッティングはできていない。

エンゼルスは、以前は私たちがいる神奈川県のチームだったそうだ。でも関東は他にも球団がたくさんあるし、人気がなくてお客さんが入らないから、四国へ移転したらしい。そのため、今でも二軍の本拠地は神奈川だし、一軍も年に何試合かは神奈川でホームの試合をするという。そして今日がそのなかの一試合なのである。

生で観る試合は、やっぱりテレビで目にするのとは違った。迫力という点は想像がついたけれど、テレビだとけっこう間が長くてダラダラやっているように見えることもあるが、スリーアウトになって攻守が交替するときといい、すごくテキパキやっていると感じる。だから、ずっと集中して観ていられる。私と笹森さんは、エンゼルスの選手が打てば一緒に喜び、打たれればともに落ち込み、楽しい時間を過ごした。

そうして、二対四で負けている状態で、九回の裏を迎えた。

「行け！　回れ、回れ！」

笹森さんが叫んだ。

フォアボールの後、二人がアウトになり、もうおしまいかという場面で、エンゼルスのバッターが相手の抑えのピッチャーから大きな当たりを放ち、今ランナーがホームインして、一点差になった。

「よし！　これで、ランナー二塁で、ヒットで同点、ホームランならサヨナラだよ」

笹森さんは今日一番くらいに気合いが入った調子で言った。なにせ次のバッターは久世選手なのだ。これ以上に盛り上がるシチュエーションはないと言っても言い過ぎではないだろう。

「あっ、ピッチャー代わるね」

冷静に笹森さんはそう口にした。キャッスルの監督が審判に声をかけた。

「あの抑えのピッチャーも不調だったからな」

そして代わったピッチャーの投球練習が始まった。久世選手は次のバッターが待つところでそれを見ている。

「私ね、小学生のとき、友達だったコが好きな選手がエンゼルスの二軍にいて、誘われて、一緒に試合を観にいったんだ」

笹森さんは私に話しだした。

「試合終了後にサインをもらえるチャンスがあったんだけど、その選手、機嫌が悪い感じで、目の前で頼んだ友達を無視して行っちゃったんだ。それを当時二軍にいた久世選手が見てて、『サインをもらってきてあげるよ』って言って、追いかけてくれたんだ」

「へー」

久世選手は、本人のサインならまだしも、そんなことまでしてくれるイメージはない。

「だけど、無視されて落ち込んだ友達はその直後に、サインを受け取らないまま、『帰る』って言い残して離れていっちゃったの。それで私も仕方なくそのコについていって。久世選手に悪いことしちゃったよなって今でもよく思うんだけど、その出来事以上に私の記憶に残ってるのは、試合で久世選手が打ったホームランでさ。直で初めて見たプロ野球選手のホームランだったし、とにかく大きくて綺麗な放物線で、すごく感動して、それでファンになったんだ」

「そうなんだ」

そういえば、久世選手のホームランが美しいというのは、テレビか何かで耳にした覚えがある。

グラウンドに目を移すと、どうやら投球練習は終わって、試合が再開するようだ。

四国エンゼルスは現在一位だ。ほぼ毎年下位で、まだシーズンの前半とはいえ今年の頑張りに、マスコミは大きく取り上げているし、何十年だかしていない優勝を思い描いているエンゼルスファンは少なくないんじゃないかと思う。しかし、昨日まで五連敗していて、今日負けるとキャッスルに抜かれて二位に落ちる。「やっぱり駄目か」と、ファンの気持ちも沈んでいきそうな雰囲気が漂っているけれど、久世選手が不安を吹き飛ばすような一打をここで打ってくれるだろうか。

久世選手がバッターボックスに入った。

「あの相手のピッチャーの人、すごくボールが速いんじゃなかったっけ？」

私は笹森さんに訊いた。さっきの抑えのピッチャーよりかなり若い選手だったと思う。素人目には、この選手のほうが手強そうだ。

「うん。最近全然失点もしてないし。多分、こういう展開もあると考えて、今日はまだ登板させられてなかったんだよ」

「じゃあ、抑えのピッチャーのままのほうがよかった……って言ってもしょうがないか。絶対に打ってくれるよね？」

「うん！」

笹森さんはまた気合いがみなぎった顔になった。

一球目。見逃しのストライク。やっぱりボールは速そうだ。球速が百五十二キロと表示された。

続く二球目は、真後ろへのそんなに大きくないファールだった。

「あー。あっという間にツーストライクになっちゃったね……」

「でも」

私のように暗い表情にはまったくならず、笹森さんは言った。

「今のファールはタイミングが合ってた気がする」

本当に？　そんなのわかるんだ。すごい。
三、四、五球目とファールが続いたが、だんだんと当たりが大きくなっていった。
「ほら、タイミングが合ってるからだよ」

「うん」

「いけるかも」

次はボール。笹森さんによると、タイミングを外した変化球をしっかり見極めての見送りだったから、これも相当良かったという。

そして七球目。ピッチャーが投げたボールを、久世選手は見事に打ち返した。

「やった！」

大きい当たり。ホームランになりそうな高さ。レフトの選手がバックする。

しかし、レフトの選手はフェンスの前で振り返って、割と余裕を持ってボールをキャッチした。

「あー」

立っていた笹森さんはその場にしゃがみ込んだ。

うつむいて、しばらく動かなかった。

「笹森さん……」

すごく悔しいという気持ちが伝わってきた。


久世選手はあの試合の翌日、二軍に落ちた。そして、その年のシーズン終了後に引退を発表した。


久世選手が引退表明を行ってから数カ月が経った年末の時期に、エンゼルスの砥川選手という人が、契約更改の記者会見の場で、ぜひ言わせてほしいことがあると述べて、久世選手の話をした。それはこういう内容だった。

久世選手には今まで他人に言われて強く印象に残っている言葉が二つある。一つは、中学で野球部にいたとき、当時久世選手より遥かに野球が上手だったコが、将来プロになりたい気持ちはまったくないと話し、その理由として口にした「プロ野球の選手は華やかに見えるけど、実際はそれほどでもない。上の人間が使えないと判断したら、びっくりするくらい簡単にクビを切られたりする。雇い止めされる派遣労働者と変わらないだろ。だから俺はごめんだ」というもので、それで、プロ野球選手でもある程度安定した状態で働くことは可能なはずと世の中の人に見せたい気持ちもあって、十年という長期の契約を望んだ。そして引き換えに年棒の大幅なダウンをのんだように言われているが、それは正確ではない。確かに久世選手は年棒は高くなくて構わないと思い、その意思を伝えたけれども、それを踏まえて球団が提示したのからさらに減額することを申しでて、その減らしたぶんのお金を、オリンピックのときくらいや、それすらもなくて目立たないスポーツの選手たちの、助けになることに使ってほしいと頼んだという。それは印象に残っている言葉のもう一つが関係しており、高校時代に同級生による「なぜ同じ部活動で、野球だけあんなに大きくメディアに扱われるのか。おかしいし、気に入らない」というもので、その申し出がナショナルスポーツフェスティバルの開催につながったと聞いたそうだ。

砥川選手は久世選手と年齢も入団した年も一緒で、学生時代からよく知った間柄であり、寡黙で世間やマスコミの受けが悪い久世選手のことを、実際はいい奴なのにと気にしつつも、それを公言する機会がなかったし、今も場にそぐわないと承知しているが、久世選手が引退してしまい、もう多くの人に聞いてもらえるタイミングはないかもしれないので、どうしても今回話しておきたかったのだと説明した。

「すみませんでしたー」

古橋さんと安田くんが明日香に頭を下げた。明日香は「笹森さん」の下の名前で、私は今そう呼んでいる。

私の近くにいる他のコたちがそれを見て話す声も聞こえた。

「どうしたの？　あれ」

「ほら、安田は陸上部でしょ。それから古橋はお姉さんがソフトボールをやってるから」

つまり、二人ともナショナルスポーツフェスティバルの開催によってそれぞれのスポーツが盛り上がりそうなのを喜んでいて、そのきっかけをつくった久世選手を悪く言っていたのを謝罪しているわけだ。

「別にいいよ。だいたい、私に謝られても困るし」

明日香はそう言って、二人から離れていった。

「明日香」

私は廊下へ行った彼女に近寄って、話しかけた。

「よかったね、久世選手のイメージが良くなって」

古橋さんたちだけじゃなく、世間一般の見る眼も変わったのだ。

「でも、もっと早くあの話が表に出て、強い批判がなくなってれば、まだ引退しないで済んだりしたのかな……」

久世選手がどういう考えで引退を決めたのか、それについてはほとんど語られておらず、あくまで推測だけれど、プロとしてあそこまでファンに望まれていないのだからという気持ちがあった感じがするし、あんなに叩かれなければ気分よくプレーできて、辞めなくていいだけの成績を残せたかもしれない。

「もういいよ、過ぎたことは。それより私、今すごくやる気になってるんだ」

「え？」

バッティングセンターで、明日香は速い球を次々と打ち返した。運動ができるのに何の部活にも入ってないから不思議だったけれど、しょっちゅうここに来て、打つ練習をしていたらしい。

そして私は彼女に渡されたスポーツ新聞にまた目を移した。

「なるほどね」

そこには小さいが、久世選手が女子のプロ野球チームのバッティングコーチに就任するという記事が載っている。これが明日香のやる気の理由だ。元々、いずれ女子プロ野球チームの入団テストを受けるつもりだったみたいだけれど、さらに火がついたのだ。

「いつか、久世選手が女子の日本代表の監督で、明日香がそのチームの四番バッターになったらいいね。そうなれるように頑張ってね」

明日香はまた、向かってきた速いボールを打った。

それはまるで久世選手が放ったような、そして現役を終えた久世選手へのはなむけのような、綺麗なホームラン級の当たりだった。

※

公園を後にして、進んだ歩道のど真ん中に、クシャクシャになった求人雑誌が捨てられていた。

以前俺が働いていた会社の求人広告に書かれていたことは、でたらめばかりだったな……。

よく思うが、例えば門をくぐれば確実に仕事ができるような場所があって、働いた量や時間や大変さや貢献度などをもとに公正に金がもらえるように世の中はなっていないのに、収入が少ない奴は自己責任で、「アリとキリギリス」のキリギリスみたいな人間という眼で見られるんだよな。現実には、キリギリスのごとき金持ちや、アリのような貧乏人が、たくさんいるっていうのに。

まあ、俺は決してアリではないし、文句など言えやしないが。それに、正論を口にしたところで何も変わりゃしない……。

そうだ。さっきのおっさんのラジオでも話していたけれど、メジャーリーグでは、所属するチーム選びから働くうえでのさまざまな条件までをもほぼ代理人が決めてくれて、本人は重要な項目の意思のみを伝えればいい感じで、選手としてやるべきことに集中できるらしい。だから一般の労働者も同じく、能力のある別の人間が、まともに仕事ができる状態にするところまでをやってくれるようにすれば、いいかげんな求人内容や違法な命令で働かせられることはなくなるんじゃないのか？

就職代理人

僕、福本直弥と、柴原さんは、合同企業説明会に足を運んだ。

広い会場に、大勢の会社の人と求職者が集まっているなか、柴原さんはとある企業の男性に近づいて声をかけた。

「すみません。少々お話をさせていただきたいのですが、よろしいでしょうか？」

「はい。どうぞ」

四十歳くらいと思われる、感じの良いその男性は、柴原さんに椅子を勧めた。

柴原さんと男性が向かい合って座り、僕は柴原さんの後ろの少し離れた位置に立った。

「私、こういう者なのですが」

柴原さんは、「就職代理人　柴原朱美」と書かれた名刺を差しだした。

すると、男性は明るかった表情が一気に曇り、不機嫌な様子になった。

「ちょっと先におうかがいしたいのですけれども、いいでしょうか？」

「はい」

男性の問いかけに、柴原さんはうなずいて答えた。

「くむべき事情があったりもするのでしょうが、たとえそうでも、就職先は働く本人が苦労してつかみとるものなんじゃないですか？　未熟な若者に楽をさせるようなことをして、果たしてよいものなのでしょうか？」

この男性の言動は世間一般の平均といったところだろう。もっと露骨に、辛らつに批判する人間はいっぱいいる。この人だってまだ抑えていて、実際は相当な嫌悪感を抱いている可能性も十分にある。

「もっともなご意見だと思います」

柴原さんは冷静に応じた。

「しかし、採用に至るまでに、求職者も企業側もお互いのことをよく知ろうと多大な手間やコストをかけているわけですが、当事者同士だと、どうしても本音という部分で限界があると思うんです。であるからこそ、働き始めてからズレが表面化して、入社後わずか三年で三分の一が退社してしまうという事態にもなっているのだと思います。私どもはその現状を改善することが最大の目的で、依頼主が長く勤めるほど、また、勤めてからの依頼主と企業側双方の満足度が高いほど、国や自治体からお金が入る仕組みになっていますので、とにかく就職させればいいといった仕事の仕方はしておりません。ですから、依頼主だけの味方というわけではないのです」

男性は真剣な表情で耳を傾けている。

「企業の側にも依頼主のマイナス面までを記した詳細な情報を提供いたしますし、スポーツ選手のエージェントのように給与や待遇を引き上げる駆け引きなどは行いませんので、どうか安心して、良い関係を築いていただけたらと考えております」

話の中身だけでなく、柴原さんの印象もよかったのだと思う。柴原さんは三十代前半だが、すごく落ち着いていて、信頼できる雰囲気がある。男性は明らかに態度が軟化した。

「なるほど。そういうことでしたら、お話をうかがってみましょう」

「ありがとうございます」

柴原さんは礼儀正しく頭を下げた。

導入されてまだ日が浅い就職代理人制度は、柴原さんが説明した理由の他にも、どう就職活動の時期をいじっても学生は学業に支障が出るし、多いと何十社も受けるなかで特に交通費がばかにならないし、本当の実力より自己アピールが上手な人が有利な面があるし、何よりも転職がいまだ珍しくて難しいこの国では就職の失敗は人生に深刻な影響を及ぼしかねない、などの点を考慮して実施するに至ったのである。

徐々に認知されてきて、好意的な声もある一方、今の男性のような己の力のみで就職活動をせざるを得なかった上の世代の人たちには「就職活動は社会人の第一歩であり、若者を甘やかすことになるから」といった意見の反対派が圧倒的に多い。また、近年人数を増やした結果、仕事がなくて困っている人もいる弁護士を、救済するための制度だろうという批判もある。弁護士しか就職代理人になれないわけではなく、それは誤解なのだが。ともかく、そうした状況で、採用に響く心配からか、就職代理人を利用する求職者は低い割合にとどまっている。

都内のビルの五階にある僕たちの会社「キューエン」に戻ると、上司の葛西さんが出入口の近くにいて、「ご苦労さん」とねぎらいの言葉をかけてくれた。四十六歳で、怖い感じはなく、話しやすい人だ。

思いだしたように、葛西さんは柴原さんに訊いた。

「どうかな？　福本くんは」

「彼、しっかりしているので、大丈夫だと思います」

「そうか。じゃあ」

葛西さんは部屋の奥のほうに視線を向けた。

「あれ？　肝心の一ノ瀬が……」

辺りを見回していると、女性である涌井さんと男性の一ノ瀬さんが一緒に室外からやってきた。涌井さんは怒った顔で、一ノ瀬さんは反省しているような様子だ。

「バカ。いいかげんにしなさいよ」

「はい。ごめんなさい」

「おい、どうした？」

葛西さんが尋ねた。

「一ノ瀬が携帯を見ながら歩いていて、女子トイレのほうに入ろうとしちゃったんです」

涌井さんはさらにきつい表情になって、一ノ瀬さんに目をやった。

「私が近くにいて、寸前で止めたからよかったけど、ほんとにもー」

「すみません」

頭を下げた一ノ瀬さんに、葛西さんが呆れ顔で言った。

「まったく。明日から福本くんにサポートしてもらうことにしたから、改めてあいさつをしとけ」

「はい」

一ノ瀬さんは僕のほうに体を向け、再び頭を下げた。

「一ノ瀬です。よろしく」

「あっ、福本です。こちらこそよろしくお願いします」

僕もおじぎをした。

「あと、新しい依頼があるから、来い」

そう告げた葛西さんと言われた一ノ瀬さんは離れていった。

「もう十分わかったと思うけど」

一ノ瀬さんたちのほうを見ていた僕に、柴原さんが話しかけた。

「とにかく、すごくドジでさ。一ノ瀬にだけ秘書的な役割の人をつけようってことになったの。おどかすつもりはないけれど、あなたがフォローしてくれないと仕事に支障が出ると思うから、よろしくね」

僕は不安と責任を感じ、上ずった声で返事をした。

「は、はい」

そう、僕自身は就職代理人ではなく、事務などもするが、一ノ瀬さんのサポートが仕事のメインなのである。

一ノ瀬さんは三十歳で、僕より年上だけど、そうは感じにくい。若いというより、失礼だが子どもっぽい。背が低く、それもあるけれど、公園でカブトムシなんかを捕まえようと網を持って走り回るのが似合いそうな純朴な雰囲気があるのだ。ドジというのはイメージと合っている。ちなみに、一ノ瀬さんと同じ歳の涌井さんも実際より若く見える。こちらの印象も例えるならば、自分に正直に生きている女子高生だ。

一ノ瀬さんと僕は、依頼主の立川くんという男子大学生の自宅を訪れた。

一人暮らしのマンションで広くはないが、部屋は綺麗で物も整理されている。おそらく、僕たちが来るから掃除したのではなく、根っからの綺麗好きだ。

テーブルを挟んで、立川くんの向かいに僕たちは腰を下ろし、一ノ瀬さんがメモを手に話を聴いた。

「えーと、希望の業界や企業は？」

「特にありません」

「ない？」

「はい」

立川くんはうなずいた。

「僕は何の取り柄もないですし、ちゃんとした労働条件で雇ってもらえるなら、どこでも構いません」

「……そう」

一ノ瀬さんはどうしようか考える感じになった。

そういう表情にはなっていないが、困っているのだろう。なにせ世の中に会社はごまんとあるのだから。それなら人手が足りない代表格の介護施設はどうかというのが頭をよぎりそうだけれど、働く側にとっては重労働な反面、低賃金なケースが多いなど、そう簡単にいかないのも間違いない。

自分のことなのに、あれもこれも指示してくれる学生時代の感覚のまま、深く考えずに丸投げする――。就職代理人制度の導入で懸念される求職者像の一つに、ぴったり当てはまってしまうコのようだ。

一ノ瀬さんと僕は、球技ができる場所もある広い公園で、立川くんと同じ高校だった男性と約束をして会った。

「はい。立川とはラグビー部で一緒でした」

がっちりとした体格で、いかにも体育会系といった感じの人だった。

おとなしい印象の立川くんが、運動はともかく、ラグビーのような激しいスポーツをやっていたなんて意外で、それを知ったとき僕は驚いた。

「うまさは普通くらいだったんですけど、とにかくプレッシャーに弱い奴で、試合になるとガチガチになって。あいつのミスのせいで負けたことが何度かありました。一番真面目に練習していたので、誰も責めたりはしませんでしたけど」

また、立川くんが中学時代に通っていた学習塾の講師の女性とも接触した。

「ああ、立川くん。思いだしました」

この人は陽気な雰囲気で、しゃべるのが好きそうだった。

「受験のとき、第一志望が、すべり止めでいいくらいの学力レベルの高校だったんですよ。たしか、『頭悪くないんだし、もっといいところも受けたら?』って言ったら、『自分はプレッシャーに弱くて、どうせ落ちると思うから、いいです』って。覚えてるのはそれくらいかなー」

就職代理人は必要に応じて、依頼主を知る人に話を聞く。企業側に依頼主の人間性などを教えるためでもあるが、耳にしたことのすべてを伝えるわけではない。とはいえ、依頼主に都合がいい情報のみを提供するのではないことは柴原さんが説明した通りだ。個人情報だし、何をどう伝達するかは就職代理人が総合的に判断して決める。もしそのなかで気に入らない部分があったり、信用できないと思ったりしたら、依頼主は就職代理人との契約を解除するだけである。

会社で、一ノ瀬さんが立川くんの資料を前に考えている顔をしていた。

「ちょっと大変なんじゃないですか？　彼」

だいぶ一ノ瀬さんと打ち解けた僕は、生意気にも口を挟んだ。

「メンタルが弱いのもですけど、主体性のなさが目立ちますよね。気持ちはわかりますが、まともに働けるならどこの会社でもいいと初っ端から口にするし、ラグビー部は部員が少なくて頼まれて、塾も親に言われたから、入ってますし。すごく真面目ではあるみたいですけど、企業に強くアピールできるほど秀でたものもないようですよね」

そこそこモテそうな容姿といい、見た目の印象は良いので、落差で余計マイナスに思われるタイプな気がする。

「俺、自信ない」

一ノ瀬さんは両手を頭の後ろで組み、天井を見るように顔を上に向けて、つぶやいた。

「わかります。企業側が積極的に採りたがるとは思えませんからね」

「いや、そうじゃなくて」

「え？」

「三日後に行く会社の人と会う時間、早いじゃん。絶対に遅刻しないという自信がない」

……。気がつくと、僕はあんぐりと口を開いていた。

「それなら僕、朝、迎えにいきますよ」

「ほんと？」

一ノ瀬さんは喜んだが、すぐに遠慮した態度になった。

「でも、悪いよ」

「いいですよ。もう、一回行ってるじゃないですか」

すでに一度、仕事で予定の時間になっても来ない一ノ瀬さんを呼びに、自宅を訪れたことがある。だから場所もわかっている。

「そう？　じゃあ、ごめん。頼むね」

そうじゃないかと思ったけれど、遠慮したのは建前だったようだ。

「はい」

しかし、まさかそっちのほうを気にするとは。それに、アプローチする会社のチョイスが雑っぽかったし、当日も思いやられるな。

声にも顔にも出さないようにしたが、僕はそう思った。

朝、僕は一ノ瀬さんが住むマンションに着き、オートロックではないので玄関前まで行って、チャイムを押した。

嘘だろうと思ったけれど、何回押してもまったく反応がなかった。

「寝てんのかな？」

念のために合カギを渡されまでしていたので、それを使ってドアを開け、玄関から中に呼びかけた。

「一ノ瀬さーん。福本でーす」

返事がない。しょうがない。

「上がりますよー」

死んでたりして、と一瞬、縁起でもないことが頭をかすめつつ、室内中を捜し回ったが、どこにもいなかった。

「えー？　どういうことだよ？」

少しの間困惑していると、携帯に電話がかかってきた。会社からだ。

「ああ、福本くん？」

一ノ瀬さんではなく、葛西さんだった。

「今、一ノ瀬の部屋？」

「はい」

「すまない。一ノ瀬の奴、やっぱりきみに悪いからって、遅れないように、今日行く会社の近くのビジネスホテルに泊まったらしいんだ」

「ええ？」

「それを伝え忘れたうえに、ようやく気づいてきみに連絡をしようと思ったら、落としたらしく携帯が見当たらなくて連絡先がわからないから、教えてほしいと会社に電話してきたんで、『もういい。私から伝えるから、お前はじっとしてろ』と指示して、こうして電話をしたというわけなんだ」

うわー、めちゃくちゃだな。

「わかりました。ホテル、どこですか？　すぐ行きます」

まったく世話が焼ける。


「え？　もう出た？」

ホテルのフロントの男性から聞いて、僕は目を見開いた。

「はい」

「何か言付けを預かってませんか？」

「いえ、何も」

……もー。なんでじっとしてないんだよ。

どうしようと、またも途方に暮れかかると、今度は一ノ瀬さんの携帯から電話がかかってきた。

「はい」

「福本くん？」

落ちてた携帯を拾った人かとも思ったが、一ノ瀬さん本人の声だった。

「一ノ瀬さんですか？」

「うん。今、どこにいるの？」

「それはこっちの台詞ですよ！　どこですか？」

「ちょうどクサノに着いたとこ」

今日訪問する会社だ。

「僕はホテルですけど、なんで待っててくれなかったんですか？」

「あれ？　俺、葛西さんに、会社へ向かうって言わなかったっけ？」

「聞いてませんけど。それから、携帯を落としたんじゃなかったんですか？」

「ああ、ごめん。もう一回捜したら、ホテルの部屋の中にあった」

「……そうですか」

僕はガクッとなった。

なんとか無事に訪れることができた会社「クサノ」の、会議をするような広い部屋で、僕らは担当の男性と向かい合って座った。

「んー、そうですか……」

一ノ瀬さんが一通り立川くんについて説明した後、男性は浮かない顔で資料に目を通しながらつぶやいた。四、五十代だろう、メガネをかけ、性格が良くて常に他人に気を遣っていそうな人なのに、採用するのは厳しいという表情を抑えられない感じだ。

渋い顔して。やっぱり駄目そうだな。今日は散々だったな——。

僕はそう思い、諦めかけていると、一ノ瀬さんが口を開いた。

「今のところ好ましい評価はしづらいと思います。私も初めはそうでした。ですが、よく知るにつれ、私は彼ほど組織に必要な人間はそうはいないと強く感じるようになりました」

どうにか少しでも挽回しようと言いだした雰囲気ではなく、本心からの自信に満ちた顔をしており、僕は驚いた。

「彼の自宅は防犯や防災の対策がしっかりされており、訊いたところ、部屋選びもその点を十分考慮に入れ、よく調べたうえで決めたそうです。メンタルは弱いですが、不安を感じやすいからこそ、きちんと備えをするわけですね。企業にとって危機管理の重要性は増すばかりですし、彼のそういった性質は非常に役に立つはずです」

え？　そんなこと知らないし、気づきもしなかった。いつのまに……。

「それから、高校のラグビー部は好きで入ったのではないのに加え、ミスをかなりなじる部員も何人かいたのですけれども、決して辞めようとしませんでした。それは、部員の数がギリギリで、彼に抜けられるほうが部は困ることを自覚していたためです。一度引き受けたからには最後まで逃げずにやり通す責任感があります」

それもだ。部員が試合に出られるちょうどの人数しかいなかったのは知ってたけれど、なじる部員なんていたんだ。考えてみれば、いくら真面目に練習に取り組んでたからって、重大なミスをすればやっぱり腹も立つだろうし、他の部員の全員が寛容なんて違和感がある。

「また、高校受験の際、『チャレンジ精神がなさ過ぎるんじゃないか』と言った担任教師に対し、『どこの高校に行くかよりも、行ってから自分がどれだけ学ぶかのほうが大事だと思う』と立派な言葉を返しており、実際に真面目に勉強した結果、大学に推薦で合格できたんです」

へー。そのエピソードも知らない。

「彼は、雇ってもらえればそこで全力で働くと述べている通り、どこに入社することになってもしっかり仕事をすると思います」

一ノ瀬さんはそこで一呼吸置いた。

「しかし、私は心配もありました。もし悪い会社に入れてしまったら、人一倍真面目で誠実であるがゆえに、不祥事でも起これば責任や後始末を押しつけられたり、なんなら自ら積極的にそれらを背負いかねないですし、過労死やうつなどの危険も大きくなってしまいます。そこで、当然私どもは常に依頼主のためにモラルがあると思われる企業を選びますが、今回はとりわけ社員を大事にしていることで有名で、間違いのおそれのない御社に声をかけさせていただいたのです」

今、一ノ瀬さんが口にしたように、クサノは社員を大事にすることで知られており、経営状態もいいようだし、もし入社できれば、他の依頼主の大半も、我が社のみんなも、大喜びする会社である。

でも、求職者全般に人気があるから、優秀な人でも内定を得るのは難しい。なので、ここにアプローチすると聞いたとき、よほど会社選びに困って、とりあえず駄目元でチョイスしたのかなと、僕は呆れるような感情もかなり混じっていたのだけれど、そんなちゃんとした理由があったとは。

「さらに申しますと、一緒にいるときに笑顔を見せることがなかった彼に、働く喜び、そして、生きる喜びを感じてもらいたい。それが御社ならば可能ではないかと思ったのです。ですので、こちらにぜひという気持ちは強いです。どうかよろしくお願いいたします」

クサノの男性は真剣な表情になっており、少しの間沈黙した。

「わかりました。彼に会ってみましょう。できるだけ前向きに考えてみます」

礼儀としての言葉ではなく、本当に前向きな気持ちが見て取れた。

「ありがとうございます」

一ノ瀬さんは深くおじぎをした。

僕は驚いた表情を抑えきれていなかっただろう。知らぬ間にほとんどないと思っていたアピールポイントをこれだけ見つけていたのもそうだけど、仕事モードになったときの一ノ瀬さんが、柴原さんに劣らぬ頼もしさだったのだ。言ってみれば、立川くんと正反対のギャップだ。

翌朝、会社で涌井さんから聞いた。

「あれ？　聞いてなかったの？　一ノ瀬はものすごいドジだけど、仕事はうちで一番優秀なんだよ」

「そうなんですか」

僕はまたびっくりした。

「人を見る眼、それも、本人の身近な人たちでさえ気づいてないような良いところを見抜いてあげる力に長けてるの」

そのとき、葛西さんが電話で話す声が響いてきた。

「一ノ瀬か。どうした？　ああっ？　なんでいつも使う通勤電車を乗り間違えるんだ！　まったく。わかったから早く来い！」

いい話をしてたのに……。僕たちは呆れ、涌井さんは付け加えた。

「ただ、あいつの世話役、耐えらんなくて、もう四人も辞めてるから、頑張ってね」

「ええっ！」

僕は気が重くなり、がっくりと肩を落とした。

「……はい、頑張ります」


こうして、僕のこの会社での本格的な仕事がスタートした。立川くんは見事クサノに就職できて、今も元気に働いている。

では、ここからは就職代理人の方々に加わっていただき、印象に残っている依頼や出来事について語ってもらおうと思う。

私、涌井由佳は、オフィスの応接スペースで、千嶋さんという女性のお母さんに説明をした。

「そういうことですので、申し訳ありませんが……」

すると、お母さんは大きな声で言った。

「なんでよ！　こんなに頼んでるのに！」

そこへ、よりによって一ノ瀬が、お茶を運んで近づいてきていた。誰かが指示するはずはない。自分で気を利かせて動きやがったんだ。

「わっ、わ！」

大きな声に驚いてよろめき、案の定お母さんにお茶をこぼした。

「キャア！」

当然、火に油を注いだ。

「ちょっと、何なの、この会社！」

「すみません！」

「ごめんなさい！」

私と一ノ瀬は、気休め程度にしかならないと自覚しつつも、慌ててお母さんの服の濡れた箇所をハンカチなどでふいた。


そのとき仕事をしていたとはいえ、僕がお茶を出せばよかった。しかし、そもそもなんで怒らせてしまったのだろうか。気になって、近くの柴原さんに話しかけた。

「どうしたんですかね？」

「本人じゃないんだよ」

「え？」

「依頼主に当たる人の、親御さんが代わりに依頼にきたってこと。何か事情があるみたいだね」

「あー、なるほど」

就職代理人は、働く本人からの依頼でないと引き受けられないのだ。だから断ったのだが、怒りを買ってしまったというわけだ。

あれから数日後、涌井さんが僕のところに来て、書類を差しだした。

「福本くん。これ、一ノ瀬に渡しといて」

「あ、はい」

そして部屋を出ていったのだが、僕は違和感を覚え、そばの小暮さんという男性の先輩に声をかけた。

「あの。涌井さん、様子が変じゃありません？　この前依頼にきた女性に怒鳴られたときくらいから、そんな感じがするんですけど」

「そうか？　でも、あの程度でショックを受けるような奴じゃないし、大丈夫だろう」

だったらいいけどと思っていると、後ろから声がした。

「あっ、やばっ」

いつのまにか、席を外していた一ノ瀬さんが戻ってきて、涌井さんの机の上をいじっていたらしい。僕が渡すよう頼まれた書類を捜していたのだ。涌井さんのデスクはお世辞にも綺麗とは言えず、常に物が積み上がっているのだけれど、それが崩れかかっていた。

「大丈夫ですか」

僕と小暮さんが近づいて、床に落ちてしまったいくつかの物を拾った。

「ごめん」

一ノ瀬さんは机の物をずっと支えていたが、さらにぽろぽろと下に落ちた。

「まったく、何やってんだ」

そう言って、葛西さんもやってきた。

「ん？」

しゃがんで手にした書類の一つを、何かに気づいたようで凝視した。


「何だい？　これは」

葛西さんに呼ばれ、問われた私は答えた。

「……先日、親御さんが依頼を申し込みにこられた方のデータです」

名前を千嶋恭子さんという。

「ただ、本人の承諾を得てまとめたものです。本人も働く意思がまったくないわけではないんです。いずれ、私が関与しなくても、役に立つんじゃないかと思いまして」

「だとしても、明確な本人からの依頼でなければタッチしないようにするという原則を忘れてはいないよね？」

「……はい」

「これは私が預かっておくから。もう勝手なことはしないように」

就職代理人は、子どもや病気の人などに労働を強いることにつながりかねないため、本人依頼が絶対なのだ。だから今回の件は駄目で、ちゃんとわかっていたけれど、千嶋さんのお母さんが何度も強くお願いをし、本人も働く気はあると言うので、会うだけしようと考えた。実際は、そのうち働けたらと思っているものの今は自信がないということだったが、引きこもりに近い現在の状況に至った過去のつらい話をしてくれて、それを聞くなかで、力になってあげたいと思ったのだった。


休憩時間に廊下を歩いていると、一ノ瀬が近寄ってきた。

「由佳ちゃん、ごめん、俺のせいで叱られちゃって。お詫びにおごるからさ。今度、食事にでもいこうよ」

「あんたと二人だけで？　やだよ、そんなの」

「じゃあ、福本くんも誘うから」

「それでも、あんたといて面倒な思いをしたくないの。私が悪いんだし、気にしてないから、行って。ほら、シッシッ」

犬を追い払うように手を動かすと、一ノ瀬は渋々離れていった。

「涌井さん」

僕は反対側から向かい、回り込んで、一ノ瀬さんがいた位置で話し始めた。

「一ノ瀬さん、相当気にしてたんですよ、涌井さんのこと。なんとか元気づけたいみたいです。僕、ちゃんと一ノ瀬さんの面倒を見ますから、来てもらえませんか？」

深く頭を下げ、両手を合わせて頼んだ。

「お願いします」

黙って考えている様子の涌井さんの視線が、僕の後ろにあるのがわかった。一ノ瀬さんは計画通り寂しげに去っていっているようだ。

「わかった。いいよ」

仕方ないという感じながら、ＯＫしてくれた。

「本当ですか。ありがとうございます！」

一ノ瀬さんに届くかわからないが、合図として大きな声を出し、背中に手を回して親指と人差し指で丸をつくった。

一ノ瀬さんに、どうしても涌井さんを誘いたいからと頼まれたのだ。うまくいってよかった。

私たち三人は、一ノ瀬の提案で、お笑いの劇場に足を運んだ。

「そんなわけあるか、ボケ！」

私はこういう場所に初めて来たが、お笑いは好きで、テレビでよく目にする人もいて、ちょっとワクワクした。

「アハハハハ！　イヒヒヒヒ！」

ところが、他の客も笑っているけれど、福本くんの笑い方が変なものでも食べたかのように激しくて異様で、漫才などよりもそっちのほうが気になった。

「福本くんて、こんなに笑い上戸だったんだ」

隣の一ノ瀬に小声で言った。

「ね。知らなかったけど」

一ノ瀬も少し引いていたみたいだが、気を取り直した感じでしゃべりだした。

「そういえば、千嶋さんて、すごく明るくて活発な人だったんでしょ？」

え？

「なに、資料見たの？」

「うん。ごめん」

問いかけの返事を待っているような顔をしていたので、答えた。

「そうね。学生時代の多くは、クラスの中心的な、かなり目立つ存在だったみたい。だけど、言ってみればそのせいでいじめられて、精神的に不安定になっちゃったんだ」

そうなのだ。千嶋さん本人だけでなく、そのことを知る他の何人からも聞いたので、間違いない。

「それから、お笑いが相当好きだったらしいね」

一ノ瀬は続けた。かなり真剣な表情になっていた。

「実は、千嶋さんを励ましてもらえないかと思って、ここにいる芸人さんに頼んでみたんだ。そしたら、ＯＫ、会ってくれるって」

だからここに誘ったのか。

「ほら、あの人」

一ノ瀬は舞台を指さした。

そのときネタをやっていたのは、漫談というのか何というのか、ともかく、幸野やまとさんというピン芸人だ。

「昨日、一日かけてネタを考えて、やっといいのがひらめいたと思ったら、しばらくして、ネタ帳にすでに書いていたものだと気づきました。この、体たらく！」

この人は数年前にちょっとしたブームのようになり、テレビなどによく出ていたが、「面白い」より「スベって可笑しい」というキャラだ。「この、体たらく！」が持ちギャグで、当時からウケていなかったスタイルのネタを、今も変わらずやっている。

客席はシーンとなり、福本くんまでムッとした感じのシラケた顔をしていた。

一ノ瀬、よりによって、なんでこの人にしたの？

後でわかったけれど、このときはそう思った。

千嶋さんの家の玄関先で、私は千嶋さんのお母さんと話した。

「本当に申し訳ないです。二度も断るかたちになってしまいまして」

「いいえ。あなた、すごく親身に話を聴いてくれたし。こっちこそごめんなさいね、最初、ついカッとなって怒鳴ったりして」

この方は、普段は怒ることのない優しい人だった。

「それで、せめてもの気持ちでもないのですが、恭子さん、とてもお笑いが好きだったようですので、少しでも元気になってもらえたらと思いまして……」

「どうも、初めまして」

そう言って、幸野さんが私たちのもとに歩いてきた。

「あら。なんか見たことあるわね」

お母さんが嫌な顔をしたりせず、私はほっとした。

それから、私は仕事があると告げていったんそこを離れ、お母さんが幸野さんを千嶋さんのいる部屋に連れていった。そして幸野さんは彼女のためにネタをやった。

「この、体たらく！」

千嶋さんは、初めはおっかなびっくりの感じでいたけれど、終わると微笑んで拍手をしてくれたそうだ。

「ごめんね、つまらないネタで」

「いえ、全然。面白かったです」

幸野さんはのどが渇いたように振る舞い、お母さんがお茶をいれに部屋を出ていった。

「あのさ」

そこで幸野さんは千嶋さんに切りだした。

「ちょっと聞いてもらっていいかな？　できたらで構わないんだけど……」

「え？」

私は仕事で行けずに観てないが、その舞台はこんなふうだったという。

「この、体たらく！」

最初はいつも通りウケず、客席が静まり返った。

「おっと、この大爆笑ギャグ、なんと売り切れで、今日はこれで終了。さて、じゃあ残りの時間をどうするか……」

すると、場内が急に真っ暗になった。

「わあ！　何だ？」

幸野さんが大げさでわざとらしく驚いた声を発しても、本当に何かトラブルでも起こったと思ったようで、お客さんが少しざわついたらしい。

そして、そのネタは始まった。


夜の人気のバラエティー番組に幸野さんが出た。

司会のベテラン芸人さんと幸野さんの直属的な先輩の芸人さんがテンポよく話していた。

「こうしてゴールデンの番組で共演するのは、もうないんじゃないかと思ってたけどなー」

幸野さんへの司会の芸人さんの言葉に、先輩の芸人さんが続ける。

「とにかく、今、すごく緻密に作り込まれたコントをやってまして、これがめちゃくちゃ面白いんですよ。これまでのしょーもないギャグのイメージしかないから驚きが大きいのもあって、話題騒然というか、注目度合いが半端じゃないんです」

「らしいなー」

幸野さんはしゃべる二人を、目の前の卓球の試合のボールを追うように、真剣な顔で黙って交互に見ていた。

「お前のことなんだから、何か言えや」

先輩の芸人さんがツッコんだ。

「何も言えない、この、体たらく！」

幸野さんは立ち上がって勢いよく言った。が、静まり返ってしまった。

「残念。それを望んでたわけじゃないから。でも、つながってたし、もうちょっとタイミングと言い方が良かったらなー。今度、俺が使わせてもらうわ」

「いや、ウケませんよ、絶対」

「まあなー」

お二人にうまくフォローしてもらって、場は和んだ。

当然だけど、フリートークの腕前は相変わらずだ。

一ノ瀬と福本くんとともに外で、久しぶりに千嶋さんと会った。

「大丈夫？　元気でやれてる？」

「はい。おかげさまで」

千嶋さんは明るい表情で顔色が良く、本当に元気そうだ。

「無理はしないように気をつけて、頑張ってね」

「はい。本当にありがとうございました」

私たち全員に深くおじぎをして、彼女は去っていった。

私は二人にしゃべった。

「あのコ、すごいよ。いろんなタイプのネタを考えることができて、今や事務所の多くの芸人さんのネタを、全部や本人たちと一緒に作ってるんだって」

それというのも、一ノ瀬のおかげだ。

一ノ瀬が励ましを依頼する目的で幸野さんと会った際、千嶋さんが学生時代に学園祭などで披露するためにお笑いのネタを作っていて、それがとても面白くて才能があるようだ、ただ現在は精神的に不安定な状態だから、無理に作ってもらうよう頼むのは良くないんでしょうけど、といったことを、あくまでも匂わせるように言ったという。幸野さんは笑いはともかく、そうした空気は読めるし、すごく善い人なことを調べていたらしい。結果、良い具合に誘われた千嶋さんは幸野さんが所属する芸能事務所で、お笑いのネタを考えることが中心の、いちスタッフとして働けるようになったのだ。

「ねえ、また一緒にお笑いのライブを観にいこうよ」

一ノ瀬は笑顔で言った。

「はあ？　あんたとはやだよ。疲れるもん」

感謝はしてるけれど、それとこれは別。

「え〜」

がっかりする一ノ瀬を助けるように、福本くんが口を開いた。

「いいじゃないですか、行きましょうよ。僕もまた同行しますから」

「……余計嫌なんだけど」

「え？　なんでですか？」

福本くんは理解不能という表情になった。お笑いを観ているときの自分がどんなか、まったくわかってないみたいだ。

「うん、うん。それは納得」

隣で一ノ瀬が大きくうなずいていた。

私、柴原朱美は、会社の自分の席で、難しい顔をしていたようだ。

「柴原さん、どうかしました？　何かお悩みですか？」

福本くんが心配して声をかけてくれた。

「うん。実は三角関係で悩んでて……」

「え？」

福本くんは焦った表情になった。

「うそ、うそ。というか、抱えている問題がそんな状態になっちゃってるんだ」

私は簡単に説明をした。

「学習塾で講師のアルバイトをしている、大学生の大畑くんていうコなんだけど、かなり教えるのが上手みたいで、卒業したら正規雇用で迎えるから来てほしいって、その塾から誘われてるの。でも、大畑くんは日創新聞社を志望して、うちに依頼してきた。優秀だし、本人一人の力だけで十分じゃないかと思えるくらいだけれど、日創新聞は今年になって社員の募集をやめたんだ」

要するに、大畑くんがうちに来たのはその状況に対しての相談の気持ちが強く、とりあえず通常の依頼と同じかたちで私は仕事をすることになったのだ。

日創新聞に話してみたところ、対応してくれた男性はこう説明した。

「大手の他の新聞社ではなく、うちにとおっしゃっていただいて、大変光栄に思っております。ですが、ネットの影響などで新聞の購読者は減少の一途でして、ひとまず新たに社員を採るのは見合わせている状況です。そういうことですので、申し訳ございませんが……」

どうやら社員を削減してもいいほどの経営状態のようだ。これでは大畑くんが有能であることをしっかりアピールできるとしても難しい。

大畑くんと会って、ありのままを伝えた。

「そうですか……」

当然、残念そうだった。

「ちなみにだけど、他の新聞社に興味はないの？」

「はい。ありません」

大畑くんは即答した。

「前にも言いましたが、僕は子どもが嫌いではないですし、あの塾はスタッフ皆さん優しくて、自分の進路先として申し分ないんです。ただ、塾はどうしても受験のための勉強という色合いが濃いですから、ちょっと違和感を覚えるようなときもたまにありますし、問題がたくさんある現在の世の中を思うと、日創のような良い新聞をできる限り多くの人に読んでもらえるようにすることのほうが、意義がある気がしちゃうんですよね」

確かに日創はマイナーだけれど良い新聞だ。私はその考えに共感できた。

「もちろん他の新聞も悪くなどはまったくないですけど、自分がずっと読んできた日創に対するような思い入れはないので、だったら塾がいいなというのが正直な気持ちです」

私は考え、日創新聞を広めたいというのが大畑くんの一番の願望であるなら、関連する会社も選択肢としてあるのではないかと思ったが、例えば新聞販売店だと日創は部数が少ないために他の新聞社の販売店が扱っているのがほとんどだったし、給与額など諸々の点を含めて、これだという道を見つけるには至らなかった。

大畑くんの自宅の近くでまた話をして、帰りに見送るので彼のアパートまで行くと、玄関のドアが開き、部屋の中から見知らぬ年配の男性が出てきた。

「親父」

大畑くんは部屋にいたことを知らなかったようで、軽く驚いた様子でそう口にした。

「よお。何だ、お前、彼女か？」

知らないで思い浮かぶ大畑くんの父親のイメージとは異なる方だった。真面目で穏やかな人を想像してしまうが、かなり気さくというか、悪く言うとがさつな感じだ。それなりの年齢だろうけれど、若者ふうのカジュアルな服装が似合っていた。

「違うよ」

大畑くんは「すみません」と私に謝り、再びお父さんにしゃべった。

「就職代理人の方だよ」

「ええ？　どういうことだよ。お前、学習塾で働くんじゃなかったのか？」

就職代理人のことはご存じのようだ。

「うん、まあ……ちょっと気になる会社があったから、相談してみたんだよ」

「え？　どこだよ、気になる会社って」

「日創新聞社」

「……そうか」

お父さんは、良いと思っているのか、その反対か、微妙な反応を示すと、私に訊いてきた。

「で、どんなもんなんですかね？　そこに入れる見込みなんかは」

親とはいえ、すべて正直に話して差しつかえはないかと思い、大畑くんのほうを見ると、すぐに察して「どうぞ」と促してくれた。

「息子さんの力量からすると本来はかなり期待できるのですが、日創新聞社が経営環境の厳しさから社員の募集を停止してしまいましたもので、率直に言って難しいかと」

「何だ。だったら、しょうがねーじゃねーか」

どことなくほっとした様子で、お父さんは大畑くんに言った。

「今、就職厳しいんだから、正規雇用で働けるなら、早いとこ決めたほうがいいぞ。二兎追う者は一兎も得ずになったりしないようにな」

どうやら塾に勤めるほうがいいと思っているのがここではっきりした。言葉の通り、へたに動くことで失敗する結果になるんじゃないかと心配だからかもしれない。

それでも大畑くんに踏ん切りがついていないのは明らかだった。やっぱり、できることなら日創新聞社がいいのだ。私はなんとかしてあげたい気持ちがさらに大きくなった。

会社で、大畑くんの件について考えていた。

購読者が減って経営が厳しいことが、大畑くんが入社できない理由だけど、大畑くんが購読者を増やす可能性だってあるのにな。まず、日創新聞の良さを読者の立場で心底理解してるでしょ。大学でかなり実践的なビジネスの勉強をしているし、何より、塾の人たちによると話が相当わかりやすくて上手みたいだから、日創新聞を世間にしっかりアピールすることができるはずだ。とはいえ、まだ本格的に働いた経験はない未知数の若者にそんなに期待をしないほうが当然で健全だし、本当にそこまで活躍できると断言できるほど世の中甘くはないから、彼を救世主くらいに思わせられれば採用してもらえるかもしれないけれど、それは無責任だろう。だいいち、大畑くんにプレッシャーになって、力を発揮できなくさせてしまうおそれがある——等々。

そこへ、携帯に大畑くんから電話がかかってきた。

「大畑くん？」

「はい」

「なに？　どうかした？」

「今までありがとうございました。僕、塾に行くことに決めました」

電話口からはけっこうすっきりした声に聞こえた。でも、実際はどうかわからない。

「あ……そう？　もう少し、なんとかならないか考えたい気持ちもあったんだけど」

それは本心だが、彼の本音を探る意図もあった。

「すみません。これ以上柴原さんにご迷惑をかけるのはどうなのかというのもずっとあったんですけど、僕が他で働くかもしれないと噂で聞いたらしい塾の生徒から、これからも変わらず勉強を教えてほしいという内容の手紙をもらいまして。それが、ちょっと感動しちゃう、いい手紙だったんですよ。それで決心しました」

「……そう」

大畑くんが決めたのだからいいはずだが、私の気持ちは晴れなかった。手紙が心に響いたのは事実だと思うけれども、それで満足しようとしているようにも感じられたからだ。

私は力になってあげられなかったことを申し訳なく思った。


僕は会社の皆さんと居酒屋に行った。別に柴原さんを慰める目的ではなかったのだが、途中でそういう流れになった。

「しょうがないですよ。社員を募集してないんだから、誰もどうにもできませんて」

そう言うなど涌井さんが特に熱心に励まし、僕もせんえつながら言葉をかけた。

「それに、そこまで望まれている場所で働くんですから、大畑くんも幸せだと思いますよ」

「うん」

少しは気持ちの整理ができた様子で返事をしてくれた。すると、一ノ瀬さんが独り言のようにしゃべりだした。

「でも、あれだよな。親とか、そのコの周囲の人はほぼ、塾にお世話になるのがいいと思ってるみたいだけど、塾だって少子化で先々そんなに見通しは明るくないだろうにな」

……。

さすがの一ノ瀬さんも、みんなが固まっているのに気づいたようだ。

「ん？」

「おのれ、アホか！　丸く収まりかけてたのに、余計なこと抜かしやがって！」

涌井さんが一ノ瀬さんの胸ぐらをつかんでブンブンと揺さぶった。

「そっか」

急に柴原さんが大きめの声を発し、涌井さんはビクッとして視線を向けた。

「なんで今まで気がつかなかったんだろう」

「え？」

そう言葉を漏らした涌井さんをはじめ、みんな、ぽかんとした顔になった。

「大畑くんに新聞、それもできれば日創新聞を使って、世の中のことの理解を深める授業を行うようにしていただきたいんです」

私は大畑くんが働いている塾の、上の立場の人に言った。

「彼なら、社会人になってからも役に立つ、ためになる授業ができると思います。そしてそうなれば、付属の学校で受験のない子どもや、受験を終えた大学生など、新たな生徒の獲得も期待できるのではと思うのです。検討していただけないでしょうか？」

依頼主が行う仕事の中身に対して、法に触れるといった問題でもない限り、口出しはできない。あくまで提案だ。

「なるほど。素晴らしいお話です。他の者と相談しますが、おそらくやらせていただくことになると思います」

「本当ですか。ありがとうございます」

大畑くんだけでなく、塾にも喜んでもらえる提案ができたようだ。よかった。

それから数日経って、塾から私の案を採用することに決まったという連絡が来た。大畑くんはすごく感謝してくれた。その瞬間がたまらなく嬉しい。

「あ、一ノ瀬」

会社で、外から室内に入ってきた一ノ瀬に声をかけた。

「ありがとね」

「どういたしまして」

まだ何のことか口にしてないのに、すぐに、それもちょっとかっこよさげに返事をしたので、わかってくれてるんだと思った。

しかし、後で福本くんから、やっぱりわかってなくて、「雰囲気で答えたけど、何だったんだろう？」と言っていたと聞いた。

さすが一ノ瀬。いーぞ、そのまんまで。


私、葛西雄作は、心配だった。

「本当に大丈夫ですか？」

「はい」

鈴宮さんはうなずいた。

彼女は交通事故で車にひかれ、車椅子になり、顔には大きな傷痕がある。しかし、それよりも気にかかるのは、その事故に遭ってからまだ間もないということだ。精神的なショックが消えていないだろうに。

「お医者さんも家族も皆、働くのはもう少ししてからでいいんじゃないかと言います。でも、家でじっとしているほうが、気が滅入ってつらいんです。下半身の障害以外はまったく問題ありません。どうかお願いします！」

もちろん本人に仕事をする意欲があるなら、障害のあるないなど関係ないし、断る理由はない。

「わかりました。鈴宮さんが思う存分働けるところに就職できるように、私が全力でサポートします」

僕は、一ノ瀬さん、涌井さん、柴原さんと一緒に、昼食に中華料理店へ行った。

「鈴宮さんて立派な人ですね。僕だったら絶対にしばらくの間は何もやる気になれないと思います」

僕がそう言うと、柴原さんが彼女について詳しく教えてくれた。

「元々アナウンサーを目指していて、アナウンスの学校に通って、気象予報士の資格も取ろうと勉強してたんだって。事故でアナウンサーはもう無理だろうと諦めていたらしいけど、葛西さんがラジオ局のアナウンサーなら障害のこともほとんど気にしないでもらえるんじゃないかって話をして、その方向で頑張ってるみたいだよ」

そこで、涌井さんが向かいにいる一ノ瀬さんに話しかけた。

「一ノ瀬、どうかした？　何だか、ぼーっとした顔して」

「いや、俺もケチらないで、ギョーザを頼めばよかったなと思って」

涌井さんの注文したギョーザに気を取られていたようだ。

「ねえ、一個ちょうだい」

一ノ瀬さんは涌井さんに手を合わせてお願いした。

「やだ。女子みたいなこと言わないでよ」

「そんなこと言うなら、由佳ちゃん女子なんだから口臭を特に気にして、ギョーザなんて食べないほうがいいんじゃないの？」

「フン。今日は社外の人と会わないし、そんなの気にしないもん」

その後も二人による夫婦漫才のようなやりとりが続き、僕と柴原さんは呆れ、鈴宮さんの話は終わってしまった。

「彼女のしゃべりは素晴らしいとアナウンス学校の講師の方々が太鼓判を押していますし、話すことに関して事故の影響はまったくございません」

「あらゆる分野の勉強をしっかりしており、尋ねられれば自分の意見をはっきり言えます。その一方で自己主張が強過ぎるなどということもなく、人の話を聴くことがきちんとできる人だと、彼女の友人たちは異口同音に証言してくれました」

「申し訳ありませんが……」

そんなに楽観的に考えてはいなかったが、そうだったと言われても仕方がないだろう。アナウンサーになりたい人は実に多く、厳しいことはもちろんわかっていた。また、テレビ局は見栄えを気にして、採用してもらうハードルはさらに高くなってしまうかもしれない。しかし、本当に彼女は能力も人格も素晴らしいし、企業は障害者を一定の割合雇わなくてはいけないし、ラジオならむしろ有利なほどで、良い返事をもらえるのではと思っていた。

だが、やはりライバルの数は半端ではないし、局のアナウンサーは番組でしゃべるのは仕事の一部で、他にもやることはたくさんあるハードな職業だから、障害を抱えた鈴宮さんは難しいと判断された可能性もある。

どうしようか、眉間にしわを寄せて考えることが多くなっていた。

けれど、嬉しい知らせが舞い込んで、電話をかけた。

「鈴宮さん？」

「はい」

「気象予報士、合格したんだね。おめでとう」

「ありがとうございます。葛西さんに励ましていただいて、頑張ってよかったです」

「こちらこそ励まされたよ。私も頑張るからね」

それから、より一層気合いを入れて鈴宮さんのために汗を流した。

先方がどう思おうが、障害によって彼女がアナウンサーをやっていけないことは決してない。持っている力からすれば、ぜひ来てほしいと頭を下げられてもおかしくはないのだから、私次第なのだ。

しかし、状況は変わらなかった。


その日、鈴宮さんが会社に電話をかけてきたが、あいにく私は別の仕事でいなかった。携帯の番号も教えてあるけれど、他の代理人に相談したい気持ちもあったそうだ。そして、よりによってと言うべきか、その電話に出た一ノ瀬に、鈴宮さんはこう話したという。

「葛西さんに無理をさせてしまっているみたいですし、アナウンサーはやっぱり諦めようかと思っているんです」

それに対する一ノ瀬の答えはというと。

「いや、無理をしてるなんてことはないですよ。葛西さん自身が、鈴宮さんが画面でしゃべる姿を見たくて、頑張っているんです。もちろん、他の仕事をやりたい気持ちになったのであれば、遠慮なくそう言っていただいて構いませんけど」

鈴宮さんはその言葉に何も返さなかったようだが、一ノ瀬の周りにいた者たちが聞いていた。


私が戻ったとき、すでに一ノ瀬は反省していた。

「何やってんの。テレビじゃなくてラジオのアナウンサーを目指すんだって、昼ご飯のときとかに話したじゃん。実は密かにテレビ局にもアタックしてるのかなって、疑念や期待を持たせちゃって、信頼関係の破綻につながる可能性もあるんだからね」

涌井くんに言われ、一ノ瀬はポリポリと顔をかいた。

「いいよ、もう。むしろ、いいきっかけをつくってくれたかもしれない」

私は言った。

「ありがとな、一ノ瀬。これで迷いは消えたよ」

一ノ瀬も涌井くんも、「え？」という表情をしていた。


私は鈴宮さんと会い、改めて謝罪をした。

「申し訳ありませんでした」

「いえ、まったく気にしていませんから」

「ありがとうございます。ただ実は、私はそれを実際に考え始めてもいたんです」

そうして今回話そうと思っていた本題に入った。

「初め、問題ないとうかがってはいたものの、やはり障害を負ってまだ日が浅い鈴宮さんが大勢の人に注目されることになるテレビに出るのは、精神的に過剰な負荷となってしまうのではないか、また、テレビの女性アナウンサーは今やアイドルのようになっていたりと華やかさを重視しているのでしょうから、そういった面からも障害がある鈴宮さんを採用してもらうのは難しいのではないかというのが正直な気持ちでした。しかし一方で、女性アナウンサーの多くがアイドルのようになっているからこそ、反対にと言っては失礼ですが、障害がある鈴宮さんを良いと思うかもしれないと一時考えたのですけれども、そんな採用のされ方では鈴宮さんは喜ばないだろうと思いとどまりました。ですが、私は障害を意識し過ぎている、偏見だな、うまくいくかどうか、有利か不利かではなく、鈴宮さんが望むならテレビ局も視野に入れればよい、それだけのことだ、と思い至ったんです。いかがでしょうか？」

鈴宮さんは少し考えてから口を開いた。

「でも、お願いしたところで、やはり駄目なだけなのでは？」

「確かにそうなってしまうかもしれません。これまでまったく力になれず、不安な気持ちにさせてしまって、申し訳なく思っています。しかし、無理だろうと思っていた側がうまくいく場合もあります。それは経験上、胸を張って言えることです。どうか正直なお気持ちを聞かせてください」

鈴宮さんは再び考えるためにちょっとの間沈黙し、言葉を発した。

「私、アナウンサーになりたいです。テレビ局にもアプローチしてみてください。よろしくお願いします」

それはこれまでで一番素直な声に感じた。


頑張ってもうまくいくとは限らない。けれど、幸運がもたらされることもある。

私は街なかで若い女性たちのこんな会話を耳にした。

「あれ、傘持ってきたの？　朝の予報で、今日は雨降らないって言ってたよ。見なかった？」

「そっちこそ見てないの？　Uテレの天気予報」

「え？　どういうこと？　天気予報なんてどこも一緒でしょ？」

「知らない？　担当しているアナウンサーの人が、ケガの後遺症で、雨が降るか、それもどの程度かまでわかるから、ほぼ完璧に当たるっていうので評判なんだよ。それで、今日は降るってさ」

「うそ、ほんとに？　知らなかったー」

「次から見なよ。名前は何ていったっけな？　とにかく、車椅子の女子アナだから」

湿気の影響か、ケガをした人がその部分が痛んだりして雨が降るのがわかるというのはよく聞く話で、鈴宮さんも自分がわかることに気づいてはいたが、そこまで正確に予測できるのは、今までの話の後で把握したのだった。それが採用に少なからず影響したのは間違いないだろう。そんな点で評価されるのは本当は不本意かもしれないけれども、今後仕事をやっていくなかで他のところも認めさせればいいのだし、鈴宮さんは喜んでくれた。

私は思わず笑みがこぼれ、その場を後にした。

俺、一ノ瀬悟は、仕事の移動で福本くんと電車に乗っていて、中央駅で降りた。中央駅はいくつも路線が通っており、常に混雑していると言っていい大きい駅だ。

「ハ〜ア」

俺はあくびをした。時間は夕方だった。

「眠い。帰ったら早く寝よう」

「今日そんなにタイトなスケジュールじゃなかったのに。寝不足ですか？」

「うん。昨日の夜ホラー映画を観たら、予想以上に怖くて、なかなか眠れなかったんだ」

「えー、子どもみたいですね。だとすると、まだその映像が記憶に残っているでしょうから、今晩も同じことになっちゃうんじゃないですか？」

福本くんは笑顔で、からかうように言った。

「大丈夫だよ……多分」

俺たちはホームを通過して階段を下りていた。そこで突然、福本くんがはっとした顔になり、勢いよく駆け下りだした。

「どうしたの！」

離れていく福本くんに向かって声を発した。

「ちょっと、あの女性が……」

福本くんは一瞬振り返りながら前方を指さすと、そのまま一番下まで行った。そしてその地点から、辺りを見回している。

遅れて俺も下の通路に着いた。どうやら福本くんは口にした「女性」を見失ったようだ。大勢いる他の人に紛れてしまったのかもしれない。

見ると、福本くんは汗を垂らして、すごく焦った表情をしていた。


その出来事から何日が過ぎたんだったか、会社で葛西さんに言われた。

「福本くんはどうしたんだ？　わからないのか？」

葛西さんは心配で、冷静ではいられない様子だった。

「はい。『事件や事故に巻き込まれたりはしていません』という内容のメールを時折よこすだけで、こっちの電話にもメールにも返答しません。自宅にも一度行ってみましたが、反応がなかったですし、中にいるのかも定かじゃありませんでした」

「うーん。どうしたもんかなー」

福本くんが会社に来なくなったのだ。みんな心配している。

「あの、実はちょっと気になることが……」

俺は引っかかっていたあのときのことを話した。

断定できるほどの根拠はない。でも、あの駅での一件の翌々日から会社に来なくなったんだから、あれが関係あると考えるのはおかしくないはずだ。もちろんまったく別の理由かもしれないけれど、そうとは思えなかった。あの出来事の直前まで明るく笑っていて、悩みなどはなさそうだったし、あと直感的にも。

俺は中央駅へ向かった。そこにいるかもしれないと思ったからだ。

福本くんは見た目に特別目立つところはない。ちゃんと顔を確認しないと、他人と間違いかねない。すぐミスをする俺は特に。だけど、あまり人のことをじろじろ見て、「何見てんだ、コノヤロー」となったりしたら困る。そして、中央駅はとにかく広くて人が多い。

それでも隈なく捜し回ったが、見つけることはできなかった。

会社に戻って頭を悩ませていると、由佳ちゃんが話しかけてきた。

「ねえ、福本くんの実家からの電話のこと聞いた？」

「え？　ううん」

俺は首を横に振った。

「福本くんのお母さんが、『事件や事故に遭ったりはしてないから心配しないで』ってメールを送ってきたっきり、電話してもメールしても返事をしないんだけど、会社にはちゃんと来てますか、って尋ねてきたんだって。それで、どうしようか迷ったけど、とりあえず最初に本人が言ってきた、風邪で休んでるって答えたんだって」

それを聞いて、俺は外へ出るためにドアに向かって走りだした。とにかく現在の福本くんの手掛かりをつかめる可能性があるものなら何でもよかった感じだ。

「ちょっと、どこ行くの！」

「福本くんのお母さんに会ってくる！」

しかし、またやってしまっていた。

「あんた、あのコの実家の場所、わかってんの！」

俺は急ブレーキをかけたように立ち止まり、ゆっくり振り返った。

「わかんないや」

まったく。しょーがねー奴だよな、俺は。

福本くんの実家に着くと、お母さんが丁寧な態度で出迎えてくれた。おしとやかな印象の人で、二人で居間で話した。

「実を申しますと、直弥さんはおそらく風邪ではなく、休んでいる本当の理由はわからないんです。来なくなった最初の日に風邪だと連絡があったのですが、その後は同様の『事件や事故に遭ったりはしていない』というメールが送られてくるだけでして」

「まあ」

「ただ、一つ気になることがありまして、直弥さんが休む前々日に、私が一緒に電車に乗ったのですが、降りた駅で知り合いでも見つけたのか、突然慌ててそこにいた人を追いかけだしまして。見失ってしまったようなのですけれども、以降、様子が若干おかしかったんです。それだけでは難しいと思いますが、何か少しでも思い当たることはありませんでしょうか？」

数秒程度だったけれど顔を見ることができたそのときの女性は、福本くんと同じ二十代後半くらいに感じた。福本くんにとって、親には知られたくない人ということも考えられたが、やっぱりトラブルに巻き込まれている可能性だってあるわけだし。

「駅ですか。じゃあ、きっとあれだわ」

「え？」

どうやら心当たりがあるようだ。

「あのコ、前にいた会社のときに、駅で雰囲気のおかしな人を見かけたんです。誰の目にもわかる様子のおかしさではなく、あのコ自身が覚えた違和感のようなものらしいんですけど。それで、一度は通り過ぎたものの、やはり気になって引き返し、後を追ったところ、その方がホームから飛び降りて列車にはねられて……。あのコに責任はないはずですが、助けられるチャンスがありながらできなかったことに罪悪感を抱いて、精神的に参ってしまって。そのために前の会社を辞めることにもなってしまったんです」

驚いた。そんなことがあったとは。初耳だった。

「では、そのときと同じような人を目撃したということですか？」

「はい。そうじゃないかと思います」

じゃあ、やっぱり駅にいる確率は高かったわけだ。

俺は再び中央駅を訪れた。

後でわかったが、このとき一回、福本くんにかなり接近したらしい。だけど、福本くんを見つける気でそこへ行ったんじゃなかったこともあり、通り過ぎてしまったようだ。

僕は、その日も中央駅で彼女を捜し回っていた。

すでに自殺を決行してしまったのだろうか？　二十四時間いるわけではないので断定はできないが、この駅ではおそらくしていない。でも、別の駅や他の場所でしたかもしれないと不安が強くなっていた。

そのとき、彼女を見つけた。

目にしたのは横顔だし、距離もあったけれど、間違いない。広い通路にいた僕は追いかけ、彼女が向かった上りの階段を駆け上がり、ホームに着いてすぐのところで声をかけた。

「すみません！　あの……」

「はい？」

振り返った彼女の顔を見て、僕は固まった。

「何ですか？」

「あ……いえ……」

「もしかして、福本さんですか？」

「え？」

「私の雰囲気が思っていたのと違ったから、驚いているんじゃないですか？」

なぜか彼女は僕の名前も心の中もわかっていた。そして、言った。

「一ノ瀬さんを呼んでいいですか？」

僕は状況を理解したわけではなかったが、観念したような気持ちになって、答えた。

「は……はい」


そうして連絡を受けた一ノ瀬さんが、しばらくしてやってきた。

久しぶりだし、心配と迷惑を散々かけた僕なのに、何事もなかったような態度で説明をしてくれた。

「以前仕事で関わってよく知っている、ここの数人の駅員さんに、南條さんと福本くんを目にしたら俺に報告してくれるようにお願いしたんだ。それで南條さんを見つけたってわけ。福本くんは写真があるのに対して、南條さんは俺が特徴なんかを口で伝えただけだから、よく発見できたなと思うけど」

彼女は南條さんという名前だった。僕は一ノ瀬さんたちに見つかって会社に連れ戻されないように帽子や普段していないメガネをかけたりしていたし、駅にずっといるため不審者と思われないよう駅員の目には注意していたから、気づかれなかったのだろう。

「そして驚くことに、南條さんは福本くんと一緒、いや、どうやらもっと敏感に、死のうとしている人が見た目の雰囲気でわかり、それがつらくて自殺を考えていたんだ。ただ、死ぬのを決意したわけじゃなくて、揺らいでいる状態だったんだけど」

「え……」

「南條さんはその影響でずっと精神が不安定で、職に就いたり辞めたりしていて、今現在は何もしていなかったから、俺はまさに福本くんがやっていたように、駅で自殺しようとしている他の人を止めることを仕事にしたらどうかって提案したんだ。鉄道会社も当然自殺を防ぎたいと思っているし、本当にできるのなら採用を考えるってことで話が進んで、そのテストを始めたところだったんだ」

「そういうことだったんですか……」

「ありがとうございます」

南條さんが僕に言った。

「福本さんはつらいでしょうに申し訳ないですけど、私、嬉しかったんです。同じ苦しみを分かち合える人がいて、しかもその人が私を助けようとしてくれていて。一ノ瀬さんもですが、それ以上に福本さんのおかげで、頑張って生きていこうって思えたんです」

一ノ瀬さんが続けた。

「つまり、福本くんは立派に仕事をしてくれたんだ。並の就職代理人じゃとても太刀打ちできないだけの仕事をね。きみの力が必要だ。明日からまた、うちで働いてくれるよね？」

僕は、勝手な行動をとりながらそんなことを言ってもらって、申し訳ないやら、でも嬉しいやら、いろんな感情が混在していた。

ただ、迷う気持ちはなかった。

「はい。改めてお世話になります。よろしくお願いします」


気を遣ってか、皆さん、僕が入社してからの出来事をチョイスしてくれた。最後のエピソードに関しては、恥ずかしい感情が大きいけれど。

それにしても、僕は本当に良い会社に入ることができたようだ。

今の時代は、少子化による人手不足で内定率は高いとはいえ、限られた人材選びで失敗しないために企業のチェックが厳しくなっている側面もあるに違いないなど、いざ就職するときは大変だし、いろいろなことがあって仕事を続けるのも難しい。雇うほうにも苦労があるだろう。

でも、いつか働く人みんなが笑顔になれるよう、僕も少しでも貢献できるように、頑張っていこうと思う。

※

ふざけんな、バカヤロー。

警官が俺に職務質問をしやがった。

ったくよ。路上喫煙や歩きスマホといった、はっきりと善くないことをしている連中にはほとんど注意しねえし、ホームレスらしき人が地べたに寝転がっていても何もしてやらねえくせして、問題がない確率のほうが高いであろう職務質問なんてくだらねえことはやりやがるんだよな。

明らかに様子がおかしい奴じゃなかったら、職務質問なんて意味ねえんだ。あんなにしょっちゅうパトロールをやってんだから、それをかいくぐって悪さをしようって人間が、職務質問なんかでボロを出すわけねえんだからよ。そりゃあ、なかには間抜けな奴だっているだろうが、そんな万に一人くらいを捕まえる手柄欲しさに、罪のない市民に不快な思いをさせていいのかよ。一度、自分たちが職務質問されてみろ。どんな気持ちになるかわかるからよ。

……しかし、職務質問をされたのはあれで何回目だ？　数えればけっこうあるはずだが、普通はそんなにされないものなのか？　さっきの店の店員といい、それだけ俺は悪いことをやりそうに見えるし、悪党がお似合いだってことなのか……。

いいだろう。お前らが望むなら、その期待に応えてやるよ。

俺の中の悪魔がそうささやいた気がした。

我が愛しのメフィストフェレス

ぼくは、突っ伏していた自分の机から顔を上げた。

高校の休み時間の教室。みんな、しゃべったりして楽しそうだ。

ぼくの周り半径数メートルだけ見事に人がいない。とはいっても、クラスメイトたちはぼくを避けたり、嫌がらせをしているのではないだろう。ぼくのことなどまったく興味がなく、頭の片隅にもありはしないのだから。明日から学校を休み続けて一カ月経っても、ほとんどの奴は気がつかないんじゃないだろうか。もし誰かが指摘しても、だいたいは「ああ、そう」程度で終わりに違いない。

チッ。もう、いい。つまらないことを考えるのはやめだ。頭が疲れるだけだ。

早くチャイム鳴れよ。


学校から帰ってきて家の中に入り、玄関のドアを閉めた。

「おかえり」

遠くから母の声がしたが、返事をせずに階段を上がり始めた。いつものことだ。

「伸之、どうかした？」

母が階段の下にやってきて、そう言った。どうして母親ってやつは、望んでいないときに限って違和感を察知するのか。

ぼくは顔だけ下を向いて、明るめの平然とした口調で返した。

「え？　何が？」

「……いや、何でもない」

母は気のせいかしらなどと思った様子で去っていった。

ぼくは自分の部屋に足を踏み入れ、学ランの前ボタンを開けて犬を出した。外に捨てられていたのを拾ってきたのだ。

座って一息ついてから、私服に着替え始めた。すると、背後に気配を感じて、勢いよく振り返った。

なんとそこには、いつどこから侵入してきたのか、見覚えのない男が立っていた。二十代だろうか。ぼくより年齢はいってそうだが、若い印象だ。堂々と落ち着き払った態度で、うっすら不敵な笑みを浮かべている。

「だ……誰？　いつのまに、そこに……」

本当に驚いたとき、人は大声など出ないようだ。逃げるところなんてほとんどないなか、ぼくはわずかに後ずさりをしながら訊いた。

「私はメフィストフェレスと申します」

「め……メフィスト？」

何だ？　それは。日本人じゃないのか？　そう言われれば、外国人の血が混じっていても不思議じゃない、何人だかわからない顔をしている。

「まあ、そうおびえないでくださいよ。あなたが私をここへ連れてきたんじゃないですか」

「え？」

よく見ると、犬の姿がなかった。ま、まさか……でも、そういうことなのだろう。目の前の男と犬の雰囲気は重なるし、男が部屋に入ってくる物音は少しもなかったし、他に考えられない。

「そうか。魔法にでもかけられたみたいで、自分でもおかしいと思ってたんだ。そんなに好きでもないのに、犬を拾ってくるなんて」

しかも、あんな真っ黒で不気味な犬を。

「おやおや、まるで私がその気にさせたような口振りですが、あなたが私を必要だと感じたから連れてきたまでですよ。しかし、私を必要に思うということは、あなた、何か望みがおありでしょう？　いいですよ。それを叶えられるように、私が力を貸して差し上げます」

「ええ？」

「ただし！」

男はぼくの顔に向けて人差し指を突きだした。

「望みを叶えた暁には、その見返りとして、あなたの魂をいただきます」

た、魂？　それって……。

「もしかして、それはつまり……死ぬってこと？」

「はい。そういうことになります」

ぼくはこめかみからほおに汗が垂れるのを自覚した。

男は不気味に微笑んでいた。


「わかった。いいよ」

数分だろう、自分でも驚くくらい早く決断できた。

「どうせぼくなんて、いてもいなくても同じだし、ちょうど死ぬのもありかなって考えてたところだったんだ。ただ、望みは本当に叶えてくれるんだよね？」

「ご安心ください。まさか、何もせずに捕って喰うようなひどいまねはいたしませんから。フフフ」

これが夢じゃないなら、ぼくの寿命はほぼ決定したわけだ。ずいぶんあっけないものだな。


自宅から徒歩で十数分の場所にあるスーパーのレジに、彼女はいつもの通りいた。おそらく、ぼくと同じくらいの歳だろう。

「あの、このカード使えますか？」

「あ、はい」

尋ねた男の客に、緊張した感じで返事をした。

レジを操作しているが、何やら手間取っている様子だ。そこへ、遠慮というものを知らなそうなおばさんが、買った商品を袋に入れるスペースから彼女のもとにやってきて、話しかけた。

「ねえ。これ、今日セールなのに、安くなってないいんだけど」

レシートを彼女に見せている。

「あっ、すみません。少々お待ちください。ええと……」

前の続きでレジを触るが、うまくいかないようだ。待って列になった数人の客がイライラした顔をしている。

すると別の店員が近づいてきた。彼女に代わってテキパキ作業をする。

「すみません……」

彼女はそばでずっと申し訳なさそうにしていた。

ぼくとメフィストは、少し離れたところからそれらを見ていた。

「あのコ、年中あんな調子みたいでさ。他の店員のおばさんに叱られてるのを目にしたこともあるし、いつも暗い表情をしているんだ。だから、元気でいられるようにしてあげてくれ」

ぼくのその要求に対して、メフィストは人をからかうような嫌な笑みを浮かべてしゃべった。

「ほう。自分の魂と引き換えに女のコを元気にさせたいなんて、ずいぶんお優しいんですねえ」

何だよ。まるでガキみたいに、くだらない、冷やかすような台詞を吐きやがって。こんな奴に自分の魂をやるなんて、約束すべきじゃなかったか？

でも、もうしちゃったんだからしょうがないし、ちゃんとやってくれるならいいや。

「うるさいな。余計なことは言わなくていいんだよ。じゃあ、頼んだぞ」

ぼくはそう言い残し、その場を後にした。


僕は、商品の野菜を段ボールから棚に移していた。

少し前から、若そうな男がこっちを見て、不気味な感じで微笑んでいる。何だろう？意味はないのかもしれないが、気持ち悪い。おかしな客じゃなきゃいいけど。


自宅で、トイレから出ると、妻が心配そうな表情で話しかけてきた。

「ねえ。顔色、良くなってないんじゃない？」

「え。ああ……」

「一度、病院で診てもらったら？」

「わかった。近いうち行くよ。ところで、大輔は？」

「ああ、もう眠った。疲れちゃったのね。何か用でもあるの？」

「いや、だったらいいんだ。それにしても、よかったな、遠足楽しかったみたいで。この先もずっとあんなふうに笑顔でいてくれたらって思うよ」

「なあに？　もう会えなくなるわけじゃあるまいし、しみじみと」

妻は笑った。

「あ、いや……」

そうだ。おかしかったよな、今のは。

「あー。僕も今日疲れたから寝るよ」

「そう。体、大事にしてよ」

「うん」

僕は寝室に入ってドアを閉めた。そして数歩前進すると、背後から声がした。

「どうして奥さんに言わなかったんですか？　自分が末期がんに侵されていると」

振り返ると、メフィストが立っていた。見た目と違い、口調に若々しさがなくてアンバランスだが、普通の人間の尺度で考えても意味がないんだろう。

「切りだしづらかっただけさ。そのうち言うよ」

僕はベッドに腰を下ろした。

「それより、さっきの望みの話だけど、僕が死んでも家族や職場のみんなが困らないで幸せに暮らしていけるようにしてくれよ。その点だけが気掛かりだからさ」

「ほう」

そう口にして、メフィストはまたいやらしい感じに微笑んだ。

本当にやってくれるのか疑わしいし、頼むのをやめようか迷ったけれど、叶えてくれるんだったら言わないのはもったいないからな。


「もー、我慢の限界！」

店のスタッフルームで、年上のパートの女性二人に責められた。

「ほんとミスばっかりで、いつまで経ってもまともに仕事ができないんだから。面倒見っぱなしで、私は毎勤務、二倍働いているような心地なんですよ！」

「客からの苦情も多いんでしょ？　もう、いっそのことクビにしちゃえば？」

「え。いや、いくらなんでもそこまでは……。本当にすみません、ご迷惑をおかけして」

とにかく謝るしかない。僕は何度も頭を下げた。

「店長。あなた、優しいにもほどがありますよ。せめて一回、ちゃんと厳しく注意してよ。そうしてくれなきゃ気が収まんないよ」

「は、はあ……」

するとドアが開き、泉ちゃんが部屋に入ってきた。

「おはようございます」

年上の二人は一瞬きまりが悪そうに顔を見合わせたが、泉ちゃんのあいさつに返事をすることもなく、冷たい態度で部屋を出ていった。

二人が去って少しほっとしたのもつかの間、見ると泉ちゃんが暗い表情でうつむいていた。

「すみません、私のせいで……」

「あれ？　今の会話、聞いてたの？」

泉ちゃんは申し訳なさそうにおじぎをした。言葉はそれ以上は発せられない様子だ。

「いいんだよ！　大丈夫、大丈夫。精一杯働いてるんだから、堂々としてくれててさ」

自分のことで僕が責められるのは悪いと思って、話し終わるのを待たずに部屋に入ってきたのか。わかっていたけど、いいコだよ。


自宅への帰り道を歩いていると、メフィストが現れて話しかけてきた。

「どうしてパートの女性たちの言う通りにしてあげないんですか？」

「だって、泉ちゃんは怠けてるわけじゃないんだ。仕方ないじゃないか」

「フフフ。あなたもやっぱり男ですねえ。若いほうの女を助けてあげたいわけだ」

「いや、そういうことじゃ……」

「あのパートの女性たち、子どものことや親の介護など、いろいろ大変なんですよ。なのに余裕がない家計のために仕事までしているのに、負担を減らしてあげようとは思わないんですか？」

え？　そうなのか。

「……でも、あれだけ彼女たちに冷たくされて、自ら辞めてもおかしくないのにそうしないのは、泉ちゃんにも経済的な事情とかがあるのかもしれないし、クビには絶対にできない。叱るのも、落ち込ませるだけで意味がないと思うんだ」

そうは言いつつ迷いが混じっているのを見透かしているように、メフィストはささやいてきた。

「よく考えてごらんなさい。あなたが死んだら、もうあのコに味方はいません。今以上に他の店員たちにいじめられるでしょう。別のところで働けば、優しい人たちに巡り会えて幸せになるかもしれない。それに、生きているうちにマイナスな部分はなくして、少しでも店の売り上げを良くしておくことも、残される人たちのために必要なんじゃないですか？」

「それは……」

「ねえねえ、見て。なに、あれ？」

「ん？」

恋人ふうの若い男女の客が、泉ちゃんのレジを指さして何やらしゃべっている。

レジの手前に、〈ここのレジは時間がかかるおそれがあります。よく検討されたうえでお並びください〉という目立つ注意書きが貼ってあるからだろう。あるというか、僕がやったんだけど。お客さんはおそらく時間を気にしてよりも、変なものを避けようという気持ちから、誰一人そのレジへ行かないが、遠目から興味ありげに泉ちゃんをチラチラ見る人は多い。

泉ちゃんはずっと、うつむき気味の暗い表情でじっとしている。メフィストに良い方法があると言われてやったわけだけれど、やっぱりするべきじゃなかっただろうか。でも正しいような気もするし、このことを考えようとすると、なんだか頭がぼーっとする。とにかく、あまり見ていたくはない。

僕は泉ちゃんが目に入らない場所に移動した。

「ええ？」

ぼくは久しぶりにやってきたスーパーの光景に愕然とした。一緒に店に入ってきて、隣にいるメフィストに、強い口調で言った。

「どうなってるんだよ、いったい。元気どころか、前より暗い顔になっているんじゃないか？」

「むろん、なんとかしたかったのですが、彼女の不器用さは手の施しようがありませんでしてね。元気になってもらうために、この店は辞めてもらうことにしました」

何だと？　ちゃんと考えがあるんだろうな。

「それで？　もっといい職場へ導くわけか？」

「いいえ。調べてみたところ彼女、今まで散々アルバイトの面接で落とされたり、勤めても辞めざるを得ない状況に追い込まれたりしています。少々お金に困っているようですけれども、今回辞めたら、これまでに積もり積もった自信喪失やダメージで、しばらくは働けなくなるでしょうね」

はあ？　こいつ、どういうつもりだ？

「じゃあ、どうするんだ！」

ぼくは前のめりになって、そう口にした。初めから望みを叶える気なんかなく、ぼくをからかっていたのか？

「そこで！」

メフィストがまたしても人の顔の前に人差し指を突きだしたために、ぼくはのけぞった。

「あなたの出番ですよ」

ぼ、ぼくの出番？

「あなた、普段まったくと言っていいほどお金を使わず、貯金がけっこうあるでしょう？もう死ぬんだから、なおさら必要ないはずです。それを彼女にあげておやりなさい。きっと喜んで、元気になることでしょう」

なるほど。そうか。

「それどころか、頼めば恩返しに、何でも好きなことをしてくれるかもしれませんよ。本当はそれがお望みなんじゃないですか？」

その言わんとするところは、彼女が性的な求めなどにも応えてくれるということだろう。

「そ、そんなわけないだろ。バカなことを言うなよ」

こいつ、いつも一言余計なんだよ。

「まあ、恥ずかしいならお認めにならなくてもよろしいですが、このまま待ってさえいれば、それも現実味を帯びてきますよ。なにせこの状態は今日だけでなく、ここしばらくずっとです。店が混んでいるときですら変わらず、誰もあのレジには行きません。日本人は右にならえですから、一度こうなってしまうとどうしようもありませんね。必ずや近いうちに耐えきれなくなって、彼女はここを辞めるでしょう」

本当に、なんで誰もあのコのレジに行かないんだ。じろじろと好奇の眼で見やがるしよ。

「ほら、見てごらんなさい、あのみじめでつらそうな彼女の顔を。すべては予定通りです」

……。

ぼくは我慢できなくなって、店のカゴを取り、テキトーに次々商品を入れていった。そして脇目も振らず一直線に彼女のレジへ行き、それを台に置いた。

彼女は一瞬、何が起こったのかわからないような茫然とした表情になったが、慌ててしゃべった。

「あっ、すみません。いらっしゃいませ」

誰にどう思われようと構わない。だけど、注目された経験がほぼ皆無なために、やはり周りの視線が少し気になった。彼女は焦った様子ながらもスムーズに会計をしたと思うが、あまりよく覚えていない。

「五百二十七円のお返しです。ありがとうございました」

「あの……また来ます」

「え？」

「絶対にまた来ますから！」

ぼくはレジに向かったときと同じように速足で離れ、買ったものを素早く袋に入れて、店を去った。


以前スタッフルームで僕に泉ちゃんへの不満を訴えたパートの二人が、僕が近くにいるのを気づいていない様子で話している。

「また店長、『迷惑かけてすみません』って頭を下げるもんだから、謝られても困るって言ったのよ。確かにまだ手はかかるけど、あのコのおかげでボーナスをもらえて、こっちは大助かりなんだからさー」

「そうよねえ」

今日も泉ちゃんのレジに、ほとんどが男性の客による長い列がたびたびできている。

「結局のところ、なんで急にあんなに人が来るようになったのかしら？」

「ああ、どうやらインターネットで、かわいそうだからあのコのレジに行ってあげようっていうのが広まって、その後、あのコの顔が可愛いって話にもなって、さらに増えたみたいよ」

「へー」

「言われてみれば、可愛いかしらねえ。今までずっと陰気な感じだったから気づかなかったけど」

「そうねえ。前から今みたいに明るくしていたら、こっちもイライラしないで、そんなにきつく言ったりしなかったのにねえ」

泉ちゃんは忙しくて大変そうだが、それよりも嬉しさが勝っているようだ。優しい言葉をかけてくれるお客さんもいるみたいだし、励みになっているんだろう。

よくあんなまねできたなと自分で思うくらいひどいことをしちゃったけれど、泉ちゃんはつらかったのは間違いないはずなのに、他の店員からの風当たりを弱めるために僕があいうことをやったんだと解釈して恨んだりはしないでいてくれているようだし、意図したのとは全然異なるが、それを上回るこんなにもいい結果になって、本当によかった。

そのとき、僕はメフィストの姿を遠くに見つけた。離れていくので、急いで追いかけた。

「おい、待ってくれよ！」

店を出て少し行ったところで捕まえた。

「なあ、どういうことなんだ？　きみの仕業だろ？　僕のがんが消え去ったのは！」

もう完治する見込みはなかったから積極的な治療はしておらず、医者は信じられないと言った。絶対にそうだろう。

メフィストはいつも通りの落ち着いた態度で話しだした。

「だって、あなたの本当の望みは『長生きすること』だったじゃないですか」

「え？」

「がんに侵されていたのだから当然のようにも思えますが、おそらくそうなる以前からね。ずいぶんと格好の良いことを口にしていましたけれども、無駄です。私をだませやしませんよ。だいたいあなたは人が善過ぎて、死んでも周りの人間たちが変わらず幸福でいられるようにすることなど無理な注文ですからね。せっかく末期がん患者相手で楽に魂を手に入れられると思ったのに残念です。まあ、あと何十年か、気長に待ちますよ」

……本当にそれでいいのか？

「店長ー。すいません、ちょっと」

あ、いけない。店のコが呼んでる。泉ちゃんのお礼も言いたかったけれど、しょうがない。

「ありがとう。もっとちゃんと感謝を伝えたかったけど、今仕事中だから、ごめん。また後で」

僕はメフィストにそう述べて、店に戻った。

ぼくは歩いている道の先にメフィストが立っていることに気がついた。

何だ？　お迎えにきたのか？

「やあ。ぼく、いつ死ぬことになるんだ？　今すぐか？」

「何のことですか？」

なに、とぼけてやがるんだ。

「いや、たまし……」

ぼくが言い終えないうちに、メフィストはしゃべりだした。

「あの日、誰もレジに来なければ、彼女は店を辞めるつもりだったんです。それが、あなたのせいでその決断を一日先送りすることにし、翌日から大勢客が訪れるようになって、仕事を続けることにしたのです。元気にはなりましたが、あなたがやったことじゃないですか。だから契約は成立しません」

え？

「本当に迷惑な話ですよ。あなたみたいな勝手なことをする人間とは二度と会いたくないですね」

メフィストが非難する調子でそう口にすると、突然強風が吹いてきた。

「わっ！」

ぼくは思わず目をつぶった。

風が収まって目を開けると、メフィストは消えていた。辺りを見回しても、どこにもいない。

どういうことだ？　ぼくは死ななくていいということなのか？

「おい、メフィスト」

試しに呼んでみたけれど、現れなかった。今までは呼ぶどころか会いたいと思いさえすれば、すべてお見通しといった感じで必ずやってきたのに。

ぼくはスーパーに足を踏み入れ、最後に一目見るつもりだった彼女のレジに並ぶことにした。

「あの、これ」

会計し終えると、彼女がそう言って紙切れを差しだしてきた。それが何なのかを問いかける気持ちで、ぼくは彼女に視線を向けた。

「落ちましたよ」

それだけ口にして、次の人のレジを始めた。

こんな紙落としてないけどなと思いつつ、店を出たところで折り畳まれているそれを開いて中を見てみたら、〈すべてあなたのおかげです。感謝しています。もしよかったら、お友達になってもらえませんか？〉と書かれてあった。

……。

生きてれば、いいこともあるんだな。

届くかわからないけれど、ぼくは空を見上げてつぶやいた。

「ありがとう、メフィスト」

※

俺は、留守にしている部屋へ入って、金でも取ってやることにした。

もしそこに誰かいたら……まあ、いい。そのときはそのときだ。どうにでもなれってんだ。

良さそうなマンションを見つけた。ベランダ側が人目につかない場所にあり、その前には草木が生い茂っている。その、さらに手前に柵があって、よじ登らなくてはならないが、それを越えてしまえば、草木で身を隠せるし、容易に侵入できるだろう。

俺は柵に足をかけた。

俺は駄目野郎だが、世の中も悪いんだぞ！　特にあの学校教育！　中身のねえ、くだらねえことしかしやがらねえで。だから、悪い奴がのさばり、苦しむ人間が大勢生まれるんだよ！

ファントム

僕は駅のホームの椅子に腰かけていた。

「知りません？　今、学力低下の原因になっているっていうので、高校の推薦による入試が次々廃止されていってるんですけど、景架高校は推薦どころか学力の入試までやめにしたんです。つまり、入学したいと思うコは必ず入れるようにしたわけで、生徒の学力を向上させようという周りの流れとは逆行することをやったんですよ」

サラリーマンとみられる若い男の人が、隣にいる同じくスーツ姿の中年の男性に、けっこうな大きさの声でそう話しながら、僕の目の前を通り過ぎていく。

「まあ、あそこは底辺校で、元々入試なんてかたちだけだったんでしょうから、試験をやる手間をなくしたかっただけかもしれないですし、他の学校に影響はないと思いますけど」

二人は離れていき、僕はももの上の辞書を閉じた。通学で乗っている電車の中で、頭に浮かんで気になったことがあり、駅に着いて座って、それを調べるので見ていたのだ。

気になったことがわかって満足し、辞書をカバンにしまった。そして、学校に行くために僕は出口へ向かった。

「宇佐見くん、おはよう。いつも早いねえ」

「おはようございます」

校門の周辺を掃除している校長先生に声をかけられた。それは今日に限らず毎朝のことで、習慣のようになっている。

校長は僕だけでなく、早く登校してくる生徒の名前はみんな覚えているみたいだ。いや、それどころか全校生徒の名前まできちんと頭に入っているのかもしれない。入学して最初に目にした時点で偉そうに振る舞ったりしないだろうというのは見当がついたけれど、そうした細かい点まで気を配るような真面目な人なんだな。

ともかく、僕は籍を置く景架高校に足を踏み入れた。

「美沙」

「ん？」

「どうかした？」

「え？　何が？」

「いや、なんか、ぼーっとしてたみたいだから」

「あ、そう？　別に、何でもない」

「コラ！　うるさい！」

先生が教卓を叩いて注意した。私たちだけでなく、みんなにだ。

「何度言わせるんだ、毎回！　静かにしろ！」

やっぱりな。私はそろそろ怒りそうだなと思って先生のほうを見てたのだ。それが友達にはぼーっとしているように映ったらしい。

担任の吹田先生による授業中。みんな、ろくに話を聴かず、周りとしゃべったりしていた。吹田先生だからではなく、どの先生のどの授業もほぼ同じ状態だ。

「おい、阪本！　授業中だぞ、話を聴け！」

先生は後ろの席の、特に態度の悪い阪本に言った。

「あ？」

阪本は授業をサボったりはしないが、不良っぽく、見たことはないけれどキレると怖そうだ。先生を軽くにらみ、まさに今キレるといった雰囲気になった。

「先生、もうチャイム鳴りま～す」

男子の大木がふざけてそう口にし、凍りついたようになっていた場の空気が一気に和んで、教室が笑いに包まれた。大木はこんなふうな機転を利かせた行動が上手だ。

「つたく」

先生は振り返って教室の時計を見た。本当にもうすぐ授業が終わる時間で、教科書を閉じた。

「そうだ」

そこで、何か思いだしたようで、つぶやいた。

「おい、いいか。まだ細かいスケジュールなんかは決めていないが、今後都合のいい時間に、おそらく定期的に、宇佐見に自由な内容で授業をやってもらうことにしたからな」

「はあ？　どういうことですか？」

大木が尋ねた。

「お前らいつも、『先生には私たちの気持ちはわからない』とか『上から目線でやってられない』とか言うだろ。だから、同級生による授業なら勉強する気になるだろってことだよ」

なんだか、わかるような、わからないような説明だ。みんなは「なに、それー。安直ー」や「そんなこと言って、楽したいだけじゃねえの？」といった声をあげた。吹田先生は若くて身近な感じがするし、怒るけれど全然怖くはないし、私たちは良くも悪くも吹田先生と、思ったことは素直に何でも言い合えるような関係だ。

「うるさい！」

先生はまた教卓を叩きながら注意をした。

「言っとくけどな、宇佐見はすごく賢くて、やれるだろうとちゃんと計算したうえで決めたんだ。勉強に取り組む姿勢も立派だし、お前ら、ちょっとは見習え。それからその宇佐見による授業のとき、いつもみたいにぺちゃくちゃしゃべらずに、真面目に話を聴けよ。わかったな！」

先生のその言葉で、不満な表情や態度になったコがたくさんいた。勉強に対して苦手どころか相当な劣等感や嫌悪感を抱いている人もいる私たちに、優秀な生徒と比較して、見習えなどと言うのはほとんどタブーで、他の先生はまず口にしない。吹田先生は悪い人ではないが、こうした、空気が読めなかったり、人の神経を逆なでするような言動をしてしまうことがある。

そして、みんなの不満は先生だけでなく宇佐見にも向けられた。宇佐見は冷たい視線を感じていないことはないと思うけれど、特にどんな素振りも見せなかった。

休み時間になり、私は、仲がいい小百合、それにそばにいた数人の男子としゃべった。

「なんか違和感あるなと思ってたんだ。やっぱり頭良かったんだ、宇佐見の奴」

小百合が腹立たしそうに言った。確かに宇佐見は、授業中に発言したりだとか目立つことはしないものの、みんなと違って先生の話をずっと真面目に聴いているみたいだなと私も感じていた。

小百合は続けた。

「で、何なのかね？　あいつが授業をするってのはさ。賢い俺様が勉強の仕方でも教えてやろうってこと？　偉そうで、マジムカつくんだけど」

「いや、宇佐見は先生に頼まれて引き受けただけでしょ。そんなつもりはないんじゃない？」

私の宇佐見をフォローするような言葉に、小百合は変わらない態度ですぐに返した。

「違うよ。私、ちょっと前にたまたま聞いたんだけど、宇佐見、自分から授業をやりたいって言ったんだ。つまり、先生のほうがあいつの頼みを聞いてあげたんだよ。そのときは断片的にしか話を耳にできなかったし、内容がよくのみ込めなかったんだけどさ。きっとあいつ、近くで私たちのバカっぷりを目の当たりにするなかで、これ以上じっとしてらんないとか思ったんだよ」

　すると男子の香田が口を開いた。

「だけどそもそも、頭いいのに、なんでこの学校に入ったんだ？　あいつ」

　それはいえる。

「病気になったとかで、どこの高校の入試も受けられなかったんじゃない？」

　私はそう言ってみた。あと、中学生のとき不登校だったから、頭は良くても学ぶべき内容が十分身についていなかったとか、試験を受けにいくのが不安だったなんてことも考えられる。うちの学校は他の学校よりもそういうコが多いだろうし。

「もしかして、あれかな？」

　別の男子である堀井が真剣な顔でそうつぶやき、私たちは注目した。

「こんな噂、聞いたことあるんだ。うちの高校、人気がなくて、ここ何年かずっと定員割れで、少子化だしこのままだと廃校になっちゃうから、生徒を増やす目的で入試をなくしたんだけど、人数だけじゃなくて学校の質も良くするために、幻のなんとかだとかいう、よくわかんないけどすごい奴に頼んで、わざわざこの学校に入学してもらったんだって。そんな話、絶対にデマだろうって思ってたけど、もしかしてあいつがそのすごい奴なのかも」

「ええ？」

私を含めてみんな、疑う表情や声を出したりした。本当かな？　そんな話。

でも考えてみれば、そんなに頭がいいなら、私が言ったように病気とか事情があっても、やっぱりうちの高校にはそうそう入らない気がするから、まったくあり得ない話じゃないのかも。

「だとしたらさ、授業をやるってのも多分そのためじゃん。自分の意思でやりたいっていうならまだ可愛げがあるけど、完全に先生みたいな上の感じで、なおさら腹が立つんだけど」

小百合は相当気に入らない様子でそう口にした。

「じゃあさ、こういうのはどうだ？」

男子の丹羽が、悪いことを企んでいるような顔で話しだした。


「織田信長、豊臣秀吉、徳川家康の三人について、みんな多少のことは知っていると思いますが、彼らの政治家やリーダーとしての側面にスポットを当てて、これから詳しく話していきたいと思います。そして最後に、もし次の総理大臣をこの三人のなかから選ばなければならないとしたら誰がいいか、一人一回手を挙げてもらって、選挙のように決めてみたいと思いますので、ぜひそれを考えながら聴いてください。では始めます」

そうして宇佐見は一回目の授業をしていった。誰もおしゃべりせず、話はスムーズに進んだ。

「それでは訊きたいと思います。一人一回手を挙げてください。まず、織田信長」

みんな黙ったまま、一人も挙手しなかった。

「じゃあ、豊臣秀吉」

変わらず。

「徳川家康」

やっぱり同じで、みんなノーリアクションだ。

「おい。何だ、お前ら。ちゃんと手を挙げろ」

脇でずっと語らず授業を見ていた吹田先生が、思わず声を発した。

「いいです、先生」

宇佐見は平然としたまま先生をそう制すると、またみんなに向かって言った。

「それじゃあ最後に報告を一つ。先生に頼んで、美術室の隣の空き教室を放課後に使わせてもらえることになったので、この授業についてでも、他の相談でも何でも、勉強に関して話したいことがあったら、いつでも自由に来てください。もちろん休み時間にクラスの教室でなどでも構いませんけれども、そっちのほうがじっくり落ち着いて話ができると思いますので。では、今回は終わります」

宇佐見以外の生徒はみんな、やっぱり黙っていた。

「今日は、ニュースなどによく登場して、目や耳にする機会が多い、数字に関する話をしたいと思います」

「今回は、人の心になど、音楽が与えるさまざまな影響について」

「今日は、面白いエッセイを見つけたのでその紹介と、読む人に興味を持ってもらう上手な文章の書き方の話をします」

休み時間に、堀井が言った。

「しかし宇佐見の奴、見た感じ変わんねーけど、効いてんのか?」

丹羽が微笑んで返した。

「大丈夫だって。最初からみんなでより、ちょっとずつ減るほうが、授業が評価されてないってことだから、頭のいい奴にはこたえるはず。そろそろ吹田に『もうやめたい』って泣きついたりするよ」

丹羽が、初めはみんなちゃんと宇佐見の授業に出て、話を聴かないのに真面目に耳を傾けているふりをしたうえで、さもつまらないといった態度を装い、毎回少しずつサボる人を増やしていくという意地悪をしてやろうと提案したのだ。だから、今では宇佐見の授業のときは、クラスの生徒の半分くらいしか教室にいない。

「でも念のために次の嫌がらせも考えといたほうがいいんじゃねえか？　なあ、村口」

堀井が小百合に笑顔で話しかけた。小百合が丹羽の提案に一番乗り気だったが、今は堀井のほうが楽しんでいるようだ。

「ああ、うん……」

小百合は微笑んでうなずいたけれど、心の底から笑ってはおらず元気がないという感じがした。それは今だけじゃない。近頃、暗い印象の姿をよく見かける。

放課後、廊下に一人でいた小百合に、私は声をかけた。

「小百合、どうかした？」

「え？」

「なんか最近、元気ないんじゃない？」

「うん……」

小百合は冴えない表情で少しうつむいた。そして、しゃべりだした。

「あのね、宇佐見、放課後は空き教室にいるって言ってたじゃん？　実はそれで私、誰も来るわけないし、落ち込んだりしてるんじゃないかと思って、冷やかすような気持ちで覗きにいったんだ。そしたらやっぱり独りだったんだけど、何かしてるみたいだからよく見たら、授業の練習だったの。他にやることがないんだろうって、そのときは何とも思わなかったんだけど、別の日いつ覗いてもずっと一生懸命に練習しててさ。それを眺めてたら、だんだん意地悪をしてるのが悪い気がしてきたんだ。それに、授業中ちゃんと話を聴いてみたら、けっこうわかりやすくて面白かったし……。でも、あの提案をした丹羽にも、みんなにも、私がそそのかしたようなもんだから、嫌がらせするのをやめようとは言いにくいし、どうしたらいいのかわからなくて……」

そして小百合はしゃがみ込んでしまった。

そうだったのか。小百合はそんなに悪いコではない。今回はちょっと怒りが大きかったために、つい率先して意地悪をしちゃったけれど、冷静になったんだな。

私は同じようにしゃがんで、顔を近づけて言った。

「わかった。じゃあ、私がもうやめようってみんなを説得するからさ。大丈夫だから安心してよ。ね？」

「……ありがとう、美沙」

小百合は私に視線を向けた。

「ごめん。それだけでも悪いのに、図々しいんだけど……」

「ん？　なに？　言いたいことがあるなら言っていいよ」

「宇佐見に謝りにいきたいんだけど、一人じゃ心細いから、一緒に来てくれない？」

「何だ。いいよ、全然。いつ行く？」

「今」

「大丈夫？　今で」

「うん」

私たちは立ち上がり、宇佐見がいる空き教室へ向かった。

するとその途中の廊下に、宇佐見が吹田先生といるのを見つけた。

「興味を持たそうといろいろ工夫してくれてるのはわかるけど、あいつらには響かないみたいだから、普通に教科書に沿った内容を教えてやってくれないか？」

吹田先生は低姿勢な感じで言った。

「嫌です」

あまりにもきっぱりとそう返した宇佐見に、吹田先生は唖然といった状態になった。

「そうか。じゃあ、まあ、せいぜい頑張ってくれ……」

吹田先生は打ち負かされたという様子で、力なくそばの階段を下りていった。

そして空き教室に入っていく宇佐見に、私たちは小走りで近寄っていきながら声をかけた。

「宇佐見！」

私たちもその教室に足を踏み入れ、私は続けてしゃべった。

「ちょっと話があるんだけど、いい？」

「いいけど。なに？」

「ほら、小百合」

私は小百合の体に触れて、少し前に出した。

「うん……」

大丈夫と口にしていた小百合だったが、弱気になってしまったようで、もじもじしている。

それでも、なんとか話しだした。

「あのさ……宇佐見はなんで私たちに勉強を教えてくれようと思ったの？」

あれ？　何だ？

そうか。いきなり謝っても宇佐見は何のことかわからないから、説明をするつもりなのかも。

「私、ずっと前に偶然聞いたんだけど、宇佐見、自分から先生に授業をやりたいってお願いしたでしょ。なんでなの？」

「それは……。なんとなく、思いつきだよ」

宇佐見の様子が少し変だ。動揺しているという感じで。

「うそ。じゃあ、なんでいつもここで、あんなに何回も熱心に授業の練習をしてるの？　そんな軽い気持ちじゃなくて、何かあるんでしょ？」

「別に。だいたい、あったって、言う必要はないでしょ」

明らかに宇佐見の動揺が激しくなった。

それより、小百合はどうしたんだ？　もし前に自分で言ってたように、私たちのバカっぷりを見ていられないと思って授業をする気になったんなら、そう正直に口にしづらくて当然だろう。堀井が話した噂とか、あるいはそれとは別の本当らしい理由をどこかで耳にでもして、確かめたくなったのかな？

でも、謝罪は？

「言ってよ！　みんな、最初から宇佐見の授業を聴かないようにしてるの。だから今のままじゃ、どんなに頑張っても意味ないんだよ。宇佐見の気持ちが伝われば、みんな変わるかもしれないから。ねえ、お願い！」

するると、宇佐見は怒鳴るように言葉を発した。

「うるさいな！　話す必要はないって言ってんだろ！」

宇佐見はいつも冷静で、こんな態度のところを見たのは初めてだ。小百合もおそらく同じで、驚いたのとショックが混ざったような顔になった。

「じゃあ、いいよ！」

そう口にすると、走って教室を出ていった。

「あっ、小百合！」

私は宇佐見に言った。

「ひどいよ、宇佐見。そんな言い方しなくたっていいじゃん。小百合もいろいろあって、悩んで苦しんで、気持ちをぶつけたのに」

宇佐見は悪いことをしたという表情で、黙って伏し目がちになった。だけど考えたら、宇佐見は小百合が悩んでいたのなんて知らないわけで、そんなふうに責められても困るかも。

ともかく、私は小百合が気になって、部屋の出入口まで行って廊下を見渡したが、姿はなかった。

「どこ行ったんだろう、小百合。大丈夫かな？」

今のやりとりで、そこまで心配する行動をとることはないだろうけど、やっぱり気掛かりではある。

「わかったよ」

小百合を捜しにいこうかと思っていたら、宇佐見がそうつぶやいて、私は振り返って視線を注いだ。

「次の僕の授業のとき、正直な気持ちを話すから、みんなに出席するように言っといてよ」

そうして初回以来の、クラスの生徒全員が席に座っている前で、宇佐見はしゃべり始めた。

「僕は、自分と同じく勉強が得意な人たちと、成績のトップを競ってばかりいるような環境にずっといたんだ。でもうんざりだった。ただ、それは競争が嫌だとか疲れたとかそういう意味でじゃない。例えば、なぜ勉強をするのかという話になったときに、ある奴が『頑張っていい大学に入れば、その先の選択肢がたくさんあるんだ』って言った。だけど、実際に偏差値の高い大学に行ったのに、そこから先自分が何をやればいいのか、もっと言うと、何をやりたいのかが、わからない人が大勢いるって話をメディアなんかで見聞きする。それっていうのは、大学生になるまでに、本や映画を観たりもそうだし、中身のある勉強をしていれば、いろんな興味や好奇心がわいてくるものだと思うけど、良い点数を取るための勉強に大半の時間を費やしてきたことが大きいんじゃないかと思うんだ。つまり、僕が不満だったのは、問いに正解しているかどうかばかりが重要視されて、学ぶ内容自体はどうでもいい感じになっていて、勉強というものが頭の良さを測る単なるものさしみたいになっていたことだったんだ。それで、決して馬鹿にしてるわけじゃなく、テストの点や成績に執着がそんなにないであろうみんなとなら、中身がある勉強ができるんじゃないかと思ったんだ。だから授業をやらせてほしいって、先生に頼んだ」

そこで宇佐見は少しうつむいた。

「でも、できればこんな話はしないで、みんなの学ぶ意欲を引きだしたかった。みんなのプラスになればという気持ちだったけど、僕個人の身勝手な思いだと言われれば否定はできないし……」

そして黙ってしまい、教室は静まり返った。

「私、宇佐見の考えは悪くないと思う」

小百合がみんなに向かって語りだした。

「宇佐見を率先して批判して、偉そうなことを口にできる立場じゃないけど、言わせて。このクラスや学校の生徒は勉強が嫌いな人が多いと思う。でもそれって、勉強が苦手なことで少なからず肩身の狭い思いをしてきたからで、できるかできないかなんて気にせず純粋に勉強する内容に向き合えば、たとえ学歴みたいな表面上の役には立たなくても、宇佐見の言うように興味とか、自分の内側の本当に大事な部分の役には立つんじゃないかな？そういう勉強なら、全部は無理かもしれないけど、私はやってみようかって思うよ」

小百合が勇気を振りしぼって話した言葉に感動して、私も声を出した。

「私も！　小百合の意見に賛成！」

みんなは口を閉ざしたままだったが、これまでとは違い、真剣に受けとめているようだった。

私は学校の校長になって何年も経つが、いまだに校長室という場所に慣れることができないでいる。自宅に、今は幼い子どもでも多いであろう自分一人の部屋を持ったことがないし、偉そうな雰囲気が性に合わないのもある。だから、私に限らず校内の誰もが気軽に感じられるところになるように、できるだけ人を招き入れたいと思っている。

しかし、当面は無理かもしれない。

「いや、驚いたよ。きみのクラスどころか学校全体で、ここまで学習意欲が高まるとは。それを望んできみに頼んだわけだけれども、期待以上だよ」

本当にびっくりだ。

「だけど、なぜ初め宇佐見くんを悪者にするような方向に持っていったんだい？」

私は目の前に座っている村口さんに尋ねた。

「恋愛などでも言うじゃないですか。どうでもいい人より、嫌だと思っていた人のほうが、好きに変わることが多いって」

「なるほどねえ」

少しハラハラしたが、そういうことだったのか。

「それから、常々思っていたけれども、どうしてきみは主役のように堂々とではなく、隠れて陰からコントロールするようなやり方で、問題を解決するんだい？」

「他に手がないなら仕方ありませんが、別の誰かがうまくやってくれそうであれば、そっちのほうがいいんです。目立つの、そんなに好きじゃないですし。ただ、おかげで、誰が言い始めたのかわかりませんが、『幻の救世主』と書いて『ファントム』と読むという、おかしなニックネームをつけられちゃいましたけど」

「困っているのかい？」

「いえ、大丈夫です。特に気にしていません」

「ならいいが。それと、大変な仕事を任せておいてなんだけれど、村口さん自身は学校生活を楽しめているのかな？」

「はい。友達とは本当に良い関係ですし、安心してください」

村口さんは微笑んだ。

「そもそも私が入学する前の時点でひどく荒れていてもおかしくなかったこの高校がそうなっていなかったのは、校長先生をはじめ先生方のお力が大きいと思いますし、今回の結果も宇佐見くんがいなければ考えられなかったことで、私の成果だとは思っていません。今後もいち生徒として、ご指導のほど、よろしくお願いします」

そう言うと、深く頭を下げた。実に立派なコだ。

「では、そろそろ失礼してよろしいでしょうか？」

「うん。帰り道、気をつけてね」

「はい」

村口さんは腰を上げ、部屋を後にしていった。

私は窓のところへ行き、外を見た。以前はすさんだような顔をしたコが多かったが、今や他の学校の生徒と変わらぬ、いや、おそらくもっと生き生きとした表情のコたちが、帰っていく姿があった。

歳のせいか、その様子を眺めているだけで、涙があふれてきた。

※

な！

柵を二、三歩上がったところで、何者かに服の背中の部分を引っ張られた。

「わっ！」

俺は地面に落ちた。

高くからではなかったので体は無事だが、空き巣に入ろうとしたのを気づかれたということだろう。くそっ。

窃盗の未遂はどれくらいの罪になるんだ？　いや、待て。まだ部屋に入ってもいないんだから、違う理由で柵に登ったんだと、いくらでも言い訳はできるはずだ。

……でも、もういいや、どうだって。疲れた。とにかく何かしらケリがついたら、適当な場所を探して、首を吊りでもしよう。

しかし、おかしいな。相当用心して柵に登り始めたってのに、捕まるにしても、こんなに早く。まるで超能力者に見つけられた気分だ。

正と負

私は、学校の休み時間に廊下で独り、暗い表情で壁に寄りかかって立っている長原さんを見かけた。

「長原さん」

彼女は私が受け持っているクラスの生徒ではないが、以前から様子が気になっていて、声をかけた。

「あなた、何かつらいことでもあるの？」

「……いいえ」

首を横に振ったけれど、若干うつむき、本当はあるのが明白な顔だ。

ここで深追いすると、余計に心の内を見せまいとしかねない。私は安心を与えられるように笑顔で言った。

「そう。じゃあ、もっと元気出してさ。あなたらしく振る舞ったら？」

「私らしく……ですか？」

どうやら今口にした言葉がうまい具合に琴線に触れたようだ。見開いた瞳でこっちに視線を向けた。

私はより一層の笑みを作って続けた。

「そうよ。あなた、本来はすごく明るいコだって聞いてるよ。うちの高校に入るために必死に受験勉強もしただろうし、今のまま時間が過ぎていったらもったいないよ。ね？」

「……はい。わかりました」

自分の中で踏ん切りがついた感じでそう答えると、見違えるような笑い顔になった。

「ありがとうございました」

長原さんは礼儀正しく私におじぎをし、自身の教室へ去っていった。

よかった。すごく嬉しい。自分の励ましで生徒を元気にさせられるなんて、これほど教師冥利に尽きる瞬間はそうはないもの。

「翠、どうかした？」

学校の休み時間。私はクラスメイトで仲のいい、翠の様子がおかしいことに気づいて、空いていた彼女の左隣の席に座って話しかけた。

「うん……。何かちょっと、変な感じがするんだ」

「ふーん」

すると、遠くから私を呼ぶ声がした。

「菜々子」

見ると、教室の後ろのドアのところで手招きしている伊織のそばに、弟の泰弘がいた。泰弘は私の一コ下で、同じこの高校の生徒なのだ。

「なに、泰弘。用?」

私は立って向かうと、泰弘も少し近づいた。

「姉ちゃん、カギ忘れたろ」

え?

「あっ、本当? ごめん、ごめん」

自宅のカギを持っていかなきゃいけないのに、忘れてきてしまったようだ。

「ありがと」

私はカギを受け取り、居たほうへ戻った。その途中にふと視線を向けると、泰弘がまだこっちを見ていた。

他にも何かあるのかと思ったら、はっと我に返ったような表情をし、ようやく教室から出ていった。

何だ？　今の最後のは。

まあ、何かあったならまた言ってくるだろうし、いつか。


ドンッという大きな音がした。

「キャー！」

私、望月翠は、どこか上から落ちてきた感覚で目を覚ました。

「いったーい」

お尻をさすりながら、体を起こした。

「あれ？」

自分が今いる場所さえわかっていなかったが、ベッドの上で、パジャマを着ていることに気がついた。どうやら、自宅の自分の部屋で、朝のようだ。変な夢でも見たかな？

そして部屋の時計を目にして、はっとした。

「やばい、学校へ行かなきゃ！　遅刻しちゃう！」

私は高校の自分のクラスの教室に、ハアハアと息を切らせながら入った。

「間に合った……」

ところが、もうすぐ一時間目が始まるはずなのに、なぜかそこには他の生徒が四、五人しかいなかった。

「あれ？」

不思議に思い、しばし茫然となった。

「翠」

横の方向から名前を呼ばれて、視線を向けると、友人の知香が歩いてきた。

「どうしたの？　珍しく来るの遅かったじゃん」

知香の顔を見たことで私は安心して、返事をした。

「寝坊しちゃってさー。遅刻しそうだったから、急いで来たよ」

そのとき、あることに気がついた。

「それより知香、なに、それ？　普通の服着て」

知香は学校の制服ではなく、私服姿だった。

その言葉に対して、知香も怪訝な表情になって、言った。

「いや、驚くのはこっちだよ。遅刻しそうなのに、わざわざ制服を着てきてさ。あ、でも、考えなくていいぶん、そっちのほうが早いのか」

「え？」

私は知香がしゃべっていることがのみ込めなかったけれど、別の点が頭に浮かんで、尋ねた。

「そうだ、菜々子たちは？」

「ああ、理科室に行ったよ」

「え？　そっかー。どうりでみんないないわけだ」

ほっとしたのもつかの間、私は不安になった。

「あれ？　私、科学の教科書を持ってきたっけ？」

慌ててカバンの中を捜した。

「ない。忘れちゃったんだ、どうしよう」

「数学の教科書は？」

「え？」

知香に訊かれ、またカバンに目を移した。

「それはあるけど？」

「じゃあ、それでいいじゃん。私もそっちへ行くからさ」

「ええ？」

「ほら、授業始まっちゃうから、行くよ」

私の手を取った知香は、自分の席に向かってカバンを持ち、廊下へ出てさらに歩を進めた。

私は訳がわからなかったが、黙ってついていった。


着いた別の教室で、男性の結城先生が前で腰を下ろしているなか、生徒たちが自習をしている。生徒は制服と私服が半々といったところだ。

私は戸惑っていた。先生に目を向けると、暇を持て余すように教科書を見たりしている。

「知香」

目の前の席にいる知香に小声で話しかけた。

「ん？」

「なんで先生、ずっと黙って座ってんの？」

「は？」

知香は何を言っているのかわからないといった表情で振り返った。

「なに？　質問したいことがあるなら、訊けば」

「え？　いや、別に……」

すると、私たちから離れた席の真面目そうな男子が手を挙げた。

「先生」

「ん？」

「教科書百三十七ページの、面積の求め方がよくわからないんですけど」

「百三十七ページ……」

そう口にしながら先生は教科書をめくった。そして立ち上がり、生徒全員に向かって言った。

「じゃあ、説明するから、同じようにわからない人は黒板を見てな」

そうして話し始めた。

「いいか、まず……」

私はその様子をぼーっと眺めていた。


休み時間。クラスの教室に戻り、知香と菜々子と弓枝が座って楽しそうにしゃべっている。菜々子は制服で、弓枝は私服だ。

私もその輪にいるが、ぼんやりしていたようだ。知香が心配顔で声をかけてきた。

「翠、どうしたの？　今日、朝から様子が変だけど」

私は考え、三人に尋ねた。

「あのね、実は私、転んで頭を打っちゃって、部分的に記憶が抜け落ちてるみたいなの。だから悪いんだけど、わからないことがあるから、質問に答えてくれない？」

もちろんそれは作り話だ。

「え？」

三人は驚いて顔を見合わせた。

「そりゃあ何でも教えてあげるけど、大丈夫なの？」

知香が言った。

「うん。最近の一部の記憶がないだけで、あとはまったく問題ないから、全然心配しないでいいよ。それでまず、うちの学校って制服を着る決まりじゃなかったっけ？　二人もだけど、なんで私服の人がいるの？」

知香が代表して答えた。

「制服は絶対に要るものじゃないって話になってさ。特に性的マイノリティーの人が男女別になってる制服で傷つくっていうし。でも、着る自由だってあるから、どっちでもいいことになったんだ」

「へー。じゃあ、時間割がないみたいだけど、それは？」

その質問には菜々子が。

「一人一人がそのとき学びたい授業を受けられるシステムになったんだ。ただ、一週間に受ける各教科の時間数は決められてるけどね」

「そうなんだ。あと、なんで授業で先生は、主に質問を聞くかたちになってるの？」

それは弓枝が説明してくれた。

「先生が生徒に一方的にしゃべるようなやり方だと、たいして身につかないんじゃないかって話になって、変わったんだ。生徒は、疑問に思って、理解したい気持ちになって、初めて真剣に耳を傾ける。だから、生徒がまず自分で勉強しなきゃ駄目だろうって」

「ふーん。今、私が訊いたのって、いつそうなったの？」

「桧山って人が生徒会長になって、短期間に次々と。ね？」

知香が菜々子と弓枝に確認する感じで言った。

「うん」

二人はほぼ同時にうなずきながら答えた。

「へー」

どれもまったく身に覚えがないし、桧山という人も知らない。余計に頭が混乱した。

「ちょっと、ごめん。トイレに行きたくなっちゃった」

そう告げて立ち上がり、廊下のほうへ移動した。

「ねえ、大丈夫？」

知香がまた心配そうに訊いてくれた。

「うん、本当に全然問題ないよ。ごめんね」

私は三人に笑顔を見せて、離れていった。

廊下に出ると、軽やかにしていた足取りはゆっくりになり、不安が込み上げてきた。

「どういうことなんだろう？」

すると、後ろから呼びかけられた。

「ねえ」

振り返ると、髪がかなり長くて、影があるという印象の、制服姿の見知らぬ女子が立っていた。

「もしかしてあなたも、向こうの世界から来たんじゃない？」

「え？　向こうの世界？」

「あー、ちょっと！　なに、勝手に観てんの」

私がそう声をかけると、母は映像を一時停止させた。翠の驚いた顔のアップのところで止まっている。

母が、私や友人たちが他の学校のコに依頼されて出演したドラマを、リビングで勝手に鑑賞していた。

「何よ、いいじゃない」

母はあっけらかんと言った。

「もー。私もまだ観てないのに」

「じゃあ、一緒に観ようよ」

「やだ、お母さんとなんて恥ずかしい。それに、最初は学園祭で観るって決めてるんだから」

依頼したコは自分の学校の学園祭で流すために撮ったのだ。なんでも、友達はいないし、そのコの学校よりイメージに合っているということで、うちの学校の生徒の出演と校内での撮影を申し込んできた。私たちは演劇部などではないけれど、同様にその作品のイメージに合致しているために選ばれたのである。

それにしてもあのコ、あんなにしっかりしてて、人当たりも良かったのに、本当に友達がいないのかな？

「姉ちゃん、携帯鳴ってるみたいだけど」

弟の泰弘がやってきて言った。

「あっ、そう」

私は体の向きを変えた。

「続き、観ていいでしょ？」

母が尋ねた。

「もー、勝手にすれば」

そして移動して自分の部屋に入り、まだ鳴っていた携帯を取って、電話に出た。

「もしもし、翠？　なに？」

「菜々子、ごめん。私、今から修麗高校の学園祭に行ってくる」

修麗は、ドラマの撮影を依頼してきたコの高校で、偏差値がすごく高い学校だ。歴史と伝統があって、上の階級といったイメージがある。

「え？　なんで？　明日行くのに」

今日は学園祭の初日だが、ドラマに出演した友達みんなで観にいくのに都合の良かった二日目の明日、訪れる約束になっている。

「なんか、どうしても今日、行かなきゃいけない気がするんだ」

「……そっか。じゃあ、しょうがないね。わかった。大丈夫なら明日も行こうよ。それでいいじゃん」

「うん。ほんとごめんね。じゃあね」


「え？」

目の前のコは驚いた。

「そういったものが上映される予定はないですよ」

私はくり返した。

「でも、うちの学校で撮影して、自分の学校の学園祭で上映をするって、確かに言ってたんですけど」

「じゃあ、うまく撮れてなかったり、事情があって取りやめたんじゃないかしら。言いにくくて、それをあなたたちに伝えてなかったとか」

「……そうですか」

「実際のところはわからないけど。とにかく、ごめんなさいね」

「あ、いえ」

「その代わりにはならないかもしれないけれど、良い出し物がたくさんあるから、楽しんでいって」

「……はい。こちらこそすみませんでした」

頭を下げて、そのコは去っていった。

「フー」

よかった。素直な、物わかりのいいコで。

それにしても、あのコときたら。勝手に、あんな学校批判とも取れるストーリーの映画を撮影してきて、校内で流そうとして。変な影響を受ける生徒がいて、規律が乱れたらどうするのよ。まさか、それが目的だったんじゃないでしょうね。

せっかく元気にしてあげたのに、恩を仇で返すようなことをして。あまりへたなことは言うもんじゃないわね。今後は気をつけなきゃ。

「先生ー」

あ。

「はーい」

再びリビングに行くと、母はいなくなっていて、一人でいた泰弘が話しかけてきた。

「ねえ」

「ん？」

「さっき母ちゃんが観てたドラマの主役の人と、仲いいの？」

「え？　うん。いいけど、なんで？　可愛いと思ったの？」

軽く茶化すように言ったが、泰弘は変わらずずっと真面目な表情だ。

「いや、そんなんじゃなくて、この前教室にカギを持ってったときも見たんだけど、そのとき、なんかこう、目立つっていうか、存在感があるっていうかさ。だから主役をやるのかと思ったし、どんな人なのかって妙に気になって」

……。

「ねえ、あんた最近、落ち込むようなことあった？」

「え？」

「何か嫌なこととかあったでしょ？」

「何だよ、急に」

言いづらいのか、泰弘ははっきりと答えなかったけれど、だからこそあったと判断して間違いなさそうだ。

「翠はね、なんていうか、プラスのエネルギーみたいなのがあるんだよ。それで、落ち込んでたりマイナスの精神状態の人は翠が気になって、そばにいたくなる。翠も、磁石のN極とS極が引かれ合うように、近くにあるマイナスの感情の度合いが大きいほどそれを強く感じて、引っ張られていく。そしてマイナスの心の人は翠と一緒にいるだけで、癒やされて元気になっていくんだ。おかしなことを言ってると思うだろうけど、本当なんだよ」

「へー」

泰弘は、私が口にしたことをおかしいとは思わず納得しているようだ。翠を目にしたときの感覚が、今の説明でしっくりいったんじゃないだろうか。

そういえば翠、どうしたかな？　多分誰かが苦しんだりしているのを感じ取ったんだろうけど、もしかしたら、あのドラマの制作者で私たちに依頼をした長原さんかもしれないな。あのときは元気そうだったし、純粋に作品のイメージにぴったりで翠を主役に選んだ可能性もあるけれど、友達がいないっていうのがやっぱり引っかかるし、泰弘みたいに翠が目立って見える精神状態だったのも考えられる。

ちゃんと会えて、助けてあげられていればいいけど。

………。

ずっとベッドに横になっていた私は、体を起こして、ベランダのほうへ向かっていった。

自宅のチャイムが鳴る音が聞こえたが、そんなのはどうでもよかった。

なのに、なぜか足が止まった。

※

「へー。そんなにすごいの、その一ノ瀬さんて人。じゃあ、期待持てるんじゃない？　希望通りに就職できるといいね、伸之くん。あ、そういえば、陸くん風邪大丈夫なの？　そっか、インフルエンザじゃないならね。え？　うん、そうだよ。これから明日香のお祝いパーティー。本人はそんなのやらなくていいのにって言ってたけど、優勝して、打点王にもなったし、大活躍だったもんね。今、一緒に行く小百合が来るのを待ってるところ。でさ、小百合が友達を一人連れてくる予定なんだけど、そのコも風邪をひいちゃったから、来れるかわかんないんだって。かなり熱が高くなったらしくて、そのコはインフルエンザみたい。今年、風邪多いよね。ほんと寒いからさ、私たちも気をつけようよ。うん。うん、わかった。じゃあねー」

希望

一人の、まだギリギリ若者と言えるくらいの歳の男がいた。

その男にはろくな経歴はないし、多くの人の目にはどうしようもない人間と映るかもしれない。それでも、本人なりに精一杯生きてきた。

しかし、何事もうまくいかず行き詰まっていた。そして疲れ果てていた。

彼は正気を失ってはいなかったものの、かなり自暴自棄になっていた。空き巣でもしてやろうと思い立ち、マンションの留守宅に侵入するために、ベランダの手前にある柵に登ろうとした。

だが、登り始めてすぐに何者かに背中を引っ張られ、地面に落ちた。悪いことすらできず、ほとほと人生が嫌になり、自殺をする気持ちがわき上がっていた。

男は振り返って、自分の悪行を止めた人間のほうへ視線を向けた。そこには二十歳そこそこと思われる女性が立っていた。

その女性は、村口小百合といった。顔にはうっすら笑みが浮かんでいた。それは男をさげすむような否定的なものではなく、優しい、人を安心させる微笑みだった。

彼女は路上で友人の望月翠と電話で話した後、本来行く道から外れて、男のほうにやってきたのだ。

小百合は地べたに座った状態の男へ近寄ると、無言のまま手を差し伸べた。それは何か、すべてをわかっているとでもいった様子だった。

男はそれまでに経験したことのない感情が込み上げていた。小百合は綺麗な顔をしているが、恋ではなかった。性別は関係なかった。男は今まで他人に心から大切にされたことなどなかった。男は小百合に人の温もり、自分を照らす光、そう、希望を感じたのだ。

男は迷った。本当なのか、自分が感じたことは思い過ごしなのではないかという疑い、加えて、ほとんど経験したことがない幸せに対する不安があった。

それでも、震えながらも、自分の手を彼女のほうに伸ばした。

小百合はその手をがっちりとつかんで、男を引っ張り上げた。

悪いことがさらに悪いことを招いてしまう負の泥沼から。

真綿で首を絞められているような地獄のごとき毎日から。

味わい尽くした苦しみから。

絶望から。

柿井　優嬉（かきい　ゆうき）

【著書】
『お笑い10行小説』（東京図書出版）
『お笑い10行小説Ⅱ』（東京図書出版）
『ギャグ小説』（東京図書出版）
『えんご』（東京図書出版）

それでも良いことがありますように

2023年11月10日　初版第１刷発行

著　者　柿井優嬉
発行者　中田典昭
発行所　東京図書出版
発行発売　株式会社 リフレ出版
〒112-0001　東京都文京区白山 5-4-1-2F
電話 (03)6772-7906　FAX 0120-41-8080
印　刷　株式会社 ブレイン

ISBN978-4-86641-690-8 C0093
Printed in Japan 2023